O Fim de Tudo

Luiz Vilela

O Fim de Tudo

CONTOS

2ª edição

EDITORA RECORD
RIO DE JANEIRO • SÃO PAULO
2016

CIP-BRASIL. CATALOGAÇÃO NA FONTE
SINDICATO NACIONAL DOS EDITORES DE LIVROS, RJ

V755f
2ª ed.
Vilela, Luiz, 1942-
O fim de tudo / Luiz Vilela. – 2ª ed. – Rio de Janeiro: Record, 2016.

ISBN 978-85-01-10482-3

1. Conto brasileiro. I. Título.

15-22115
CDD: 869.93
CDU: 821.134.3(81)-3

Copyright © Luiz Vilela, 2016

Todos os direitos reservados. Proibida a reprodução, armazenamento ou transmissão de partes deste livro, através de quaisquer meios, sem prévia autorização por escrito.

Texto revisado segundo o novo Acordo Ortográfico da Língua Portuguesa.

Direitos exclusivos desta edição reservados pela
EDITORA RECORD LTDA.
Rua Argentina, 171 – 20921-380 – Rio de Janeiro, RJ – Tel.: 2585-2000

Impresso no Brasil

ISBN 978-85-01-10482-3

Seja um leitor preferencial Record.
Cadastre-se e receba informações sobre nossos lançamentos e nossas promoções.

EDITORA AFILIADA

Atendimento e venda direta ao leitor:
mdireto@record.com.br ou (21) 2585-2002.

Numa cidade estrangeira, 7
Coisas de hotel, 13
O caixa, 17
Surpresas da vida, 31
Fazendo a barba, 38
Carta, 44
A volta do campeão, 48
O monstro, 70
A feijoada, 79
As neves de outrora, 89
Pai e filho, 96
Meus anjos, 107
Não quero nem mais saber, 115
A chuva nos telhados antigos, 128
Uma lástima, 137
Cadela, 145
Piabinha, 150
Branco sobre vermelho, 157
Causa perdida, 164
Primos, 170
Pinga, 190
À luz do lampião, 193
Ipês-amarelos, 203
Um rapaz chamado Ismael, 206
O fim de tudo, 218

Autor e Obras, 225

Numa cidade estrangeira

— Se você desse pelo menos um motivo — disse ele.

A mulher continuou olhando pela janela do táxi. Era bonita e bem mais nova que o homem.

— Se você apresentasse pelo menos uma razão, me convencesse; mas nada, nada! — ele disse, abrindo os braços.

Ela virou a cabeça para olhá-lo: ele estava com uma expressão zangada. Era noite, e, no escuro do carro, seus cabelos pareciam ainda mais brancos.

Ela voltou a olhar pela janela.

O táxi havia agora entrado numa rua apertada e com pouca luz.

— Vânia...

— O quê?

Ele pôs a mão em sua coxa:

— Diga que é mentira; que era brincadeira. Hem?... Hem, amorzinho?... — e ele deu-lhe umas palmadinhas.

Ela ficou olhando para ele.

— Nós passamos lá, no seu hotel, você pega suas coisas de novo, e nós voltamos para o meu hotel. Eu pago tudo lá, você não precisa se preocupar com nada.

— Eu nunca preciso me preocupar com nada, não é? Você sempre paga tudo.

Ele fez um gesto de aborrecimento:

— Estou falando numa coisa, e você vem com outra. Que importa o meu dinheiro? E, além do mais, é pouco gentil de sua parte dizer isso. Pelo menos ingrata você poderia não ser. Se não fosse eu, uma hora dessas você não estaria aqui, em Londres.

— Se é pelo dinheiro, eu te pagarei depois, pode ficar tranquilo.

Ele fez outro gesto, e então ficou calado, olhando para fora.

O chofer virou-se para trás e perguntou algo. A mulher respondeu em inglês.

— O que ele perguntou?

— O nome da rua.

— Você não disse antes para ele?

— Claro que eu disse, Teo; do contrário, nós não estaríamos aqui. Ele só quis se certificar.

O homem estava curvado para a frente, as mãos cruzadas, entre as pernas, o rosto franzido.

— Se você desse pelo menos um motivo concreto para fazer isso — tornou a dizer.

— Quantas vezes você vai repetir essa frase, hem?

— Vou repetir até você dizer o que eu estou pedindo.

— Eu já disse, Teo; já disse mil vezes.

— O que você disse?

Ela ficou calada.

— O que você disse? — ele insistiu.

Ela se voltou, irritada:

— Eu disse que acabou, Teo. Foi isso o que eu disse. Acabou. Compreende? Acabou. Fim.

— Você é cruel... — ele choramingou.

— Você devia se olhar num espelho — ela disse: — para ver o tanto que você está ridículo.

— Se eu estou assim — a voz dele ficou trêmula, — se eu estou assim, é porque eu te amo; eu não estaria assim se eu não te amasse...

Tinham chegado a Trafalgar Square. Havia uma multidão de pessoas em frente a uma enorme televisão colocada no local.

A mulher pôs o rosto na abertura do vidro e perguntou em inglês; o chofer respondeu com poucas palavras.

— O que ele disse?... — o homem quis saber.

— É para televisionar a chegada à Lua. Eu tinha esquecido que era hoje. Quando chegar ao hotel, eu vou ver.

— Você vai mesmo?

— Por que não?

— Estou perguntando se você vai mesmo para o hotel — ele esclareceu.

A mulher suspirou:

— Vou, Teo, vou mesmo para o hotel. Não seja aborrecido; não falemos mais nisso.

— Mas e eu, Vânia?...

— Você o quê?

— O que será de mim?

— Quem te ouve falando desse jeito até pensa que você vai morrer...

— E vou mesmo — ele disse; — se você me deixar, será como morrer.

A mulher olhou para a rua.

— Você não tem pena de me largar sozinho numa cidade como essa? — ele disse. — Um velho sozinho, perdido numa cidade estrangeira... Você não tem coração? Eu não sei nem falar inglês...

— E o Pedro, seu amigo?

— Pedro... Eu vou ficar andando com ele feito menino agarrado à saia da mãe? Vou? E de noite? E de noite? — a voz do homem tremia como se ele já estivesse quase chorando. — É o Pedro que vai dormir comigo? É?...

— Como se faltasse mulher nesta cidade...

— Não falta, não; mulher nunca faltou. Nem aqui nem em nenhum lugar — ele acrescentou, falando aos arrancos.

Olhou para ela:

— Você não entende? Não entende?...

No escuro, os olhos dele brilhavam, molhados.

Um sentimento de dó amoleceu a fisionomia da mulher. O homem se animou e abraçou-se a ela com paixão e desespero:

— Vaninha, volte, Vaninha; eu te dou o que você quiser, o que você me pedir. Não me deixe sozinho, eu não tenho mais ninguém, nada mais me importa. Volte; diga, diga que você vai voltar, que nós vamos ao hotel só para pegar suas malas. E amanhã nós vamos passear de barco pelo Tâmisa. Lembra que eu te prometi isso? Lembra, coração? Meu amorzinho...

— Comporte-se, Teo; estamos num táxi.

— Que importa? Ele é inglês, e eu te amo. Eu te amo, meu amor, meu tudo...

— Para, Teo.

— Você volta, você tem de voltar, eu te amo, você não pode me deixar sozinho, não pode — e o homem disparou a chorar, com o rosto no colo da mulher.

Ela pôs a mão na sua cabeça e ficou olhando-o, sem saber o que fazer.

O táxi havia parado.

O homem continuava na mesma posição, mas agora estava em silêncio, como se tivesse adormecido.

— Teo, chegamos — disse a mulher, e aproximou-se da abertura: — *wait a moment, please.*

O chofer descansou o braço na porta e ficou olhando para a rua.

— Teo, levante-se. Eu tenho de descer. O chofer está esperando.

Ele se levantou. Passou a mão pelo rosto.

A mulher o observava.

— Eu já vou, Teo.

Ele sacudiu a cabeça. Olhava para a frente.

— Teo — ela pousou de leve a mão em seu joelho: — não fique triste.

— Eu não estou triste.

Ela o olhou mais um pouco, e então disse tiau e saiu do carro.

Ele a viu caminhando, subindo a escada e desaparecendo na porta giratória do hotel. Mesmo assim, continuou olhando — como se esperasse que, de repente, num dos giros da porta, ela surgisse e viesse caminhando de volta para ele. Mas sabia que ela não voltaria: nem agora nem nunca mais.

Coisas de hotel

Era meu vizinho. Ele morava no quarto ao lado. Hoje, de manhã, quando a servente veio fazer a limpeza, o encontrou morto. Eu não estava na hora, já havia saído para o trabalho; e de tarde, quando cheguei, já haviam levado o corpo. Ele morreu durante a noite. Parece que ainda não sabem se foi morte natural ou suicídio.

Ele chamava-se João. Até ontem eu pensava que o seu nome fosse Alberto. Deve ser porque alguma vez ouvi, por engano, alguém se referir a ele com esse nome. Não me lembro de quem ou quando foi, mas só pode ser, porque nunca conversamos e ele nunca teve a oportunidade de me dizer o seu nome, ou eu de perguntar. Apesar de vizinhos, nunca fomos um ao quarto do outro. Mas isso não tem nada de mais, é uma situação comum num hotel; há pessoas que passam anos morando em quartos vizinhos e às vezes não trocam nem mesmo uma palavra.

Havia talvez mais de ano já que ele morava aqui. Lembro-me dele no hotel há um bom tempo, embora não me recorde exatamente da primeira vez em que o vi. A não ser quando é uma pessoa com alguma característica marcante, a gente não presta muita atenção nos hóspedes novos: uma hora cruza no corredor e observa que a pessoa é nova no hotel, mas pode ser que antes disso, ontem ou anteontem, já tenhamos passado por ela até mais de uma vez e nem reparado. É que há sempre gente chegando e saindo, e quem já mora no hotel há mais tempo se acostuma com esse movimento.

Ele era uma pessoa comum, não se distinguia por nada. A velha do trinta e quatro, por exemplo: essa, desde o primeiro dia em que a vi me chamou a atenção, com aquele vestido quase batendo nos pés, o coque e a cara fantasmagórica. Até hoje, quando passo por ela, ainda a observo; de maneira discreta, evidentemente. Mas ele não: lembrando-me agora das vezes em que o vi, em que cruzei com ele no corredor, sei dizer que ele era de estatura média, uns trinta anos de idade, o andar lento, sempre de terno escuro e gravata.

Pouco mais do que isso eu poderia dizer. E não falo, assim, da cor dos olhos, ou se, por exemplo, ele tinha alguma cicatriz no rosto; falo de sua aparência. Era uma pessoa alegre? Triste? Preocupada? Eu não saberia dizer; pelo menos com segurança. Cumprimentávamo-nos, e posso dizer que ele era uma pessoa educada. Mas não me lembro de nenhuma vez em que ele tenha me sorrido, além desse vago sorriso que acompanha um bom-dia ou um boa-noite. Nem por isso, também, tinha cara de poucos amigos. A impressão que me fica dele, agora que ele está morto e que me lembro das vezes em que o vi, é a de uma pessoa simpática, educada, calada.

Chego a pensar que poderíamos ter sido bons amigos. É um pensamento que me vem agora dessas impressões. Na verdade, não há nada que me garanta isso, pois eu não sabia, nem sei ainda, praticamente nada a respeito dele. Como disse, nem o seu nome eu sabia. Julgo pelas impressões. É uma pessoa de quem eu teria prazer em me aproximar e puxar conversa, tornar-me amigo. Quanto a ele, não sei, não posso ter ideia do que ele pensava em relação a mim, mas imagino que me encarasse também com alguma simpatia, já que, pelo menos nas aparências, tínhamos alguma coisa em comum, esse mesmo jeito calado.

Penso tudo isso agora que ele morreu e que essas coisas não poderão mais acontecer. Mas, talvez, eu já pensasse antes; apenas não cheguei a expressá-lo claramente para mim, como faço agora. É que nunca dei maior atenção à coisa. Tenho a cabeça sempre muito cheia de preocupações. Meu serviço é muito absorvente; mesmo no hotel, quando chego, à noite, é difícil pensar em algo que não esteja relacionado a ele. E quando isso me cansa ou aborrece, o que geralmente faço é ir a um cinema, ou então beber com algum amigo no bar. Se estou com preguiça de sair ou sem vontade, ligo o rádio e fico escutando música até vir o sono. Nunca, nessas ocasiões, pensei no vizinho.

Para dizer a verdade, era como se ele não existisse, ou que tanto fazia ele existir quanto não existir. Eu sabia que havia um outro quarto ao lado do meu e que nesse quarto morava outra pessoa, que era aquele homem que eu via no corredor e cumprimentava; mas nunca me pus a pensar detidamente nisso. Eu tinha ali, no hotel, o meu quarto para dormir; e fora, na rua, o serviço, os amigos e as diversões. Era isso o meu mundo. O homem do quarto vizinho não entrava nele; eu não sentia necessidade dele, e, por isso, não pensava nele. Pode ser que o mesmo acontecesse com ele: talvez não sentisse também necessidade de mim e não pensasse em mim.

Agora ele morreu, e penso nele; mas é apenas porque sua morte me impressiona. Pois, fico lembrando, ontem mesmo passei por ele e o cumprimentei; e agora ele está morto. Mas não sinto nenhuma espécie de tristeza. Não éramos amigos. Não chegávamos a ser nem mesmo conhecidos. Simplesmente vizinhos. Como já houve outros antes dele, de que ainda me lembro ou de que já me esqueci, e como haverá outros depois dele. Daqui a alguns dias, talvez até amanhã mesmo, outra pessoa virá morar em seu lugar. Há sempre gente procurando quartos, e o hotel não quer perder dinheiro.

O caixa

O caixa passou o dinheiro pela abertura do vidro:

— Quinhentos cruzeiros — disse. — Confira, por favor.

A mulher conferiu. Sorriu para o caixa através do vidro. Guardou o dinheiro na bolsa e foi embora.

— E o meu? — um rapazinho perguntou, encostando o número do cheque no vidro.

O caixa verificou a abertura por onde recebia os papéis de dentro; depois percorreu uns cheques na mesa. Abanou a cabeça negativamente.

O rapaz resmungou. Foi sentar-se no sofá. Acendeu um cigarro e ficou olhando o movimento na rua. A porta do banco era larga, e dali tinha-se boa visão. Passavam, sem parar, gente e carros. Era uma das ruas mais movimentadas do centro; era a rua principal dos bancos.

O caixa também estava olhando para fora.

— Está uma bela tarde — disse o homem gordo, de terno e gravata, que, encostado ao balcão de mármore, esperava para descontar um cheque.

O caixa deu um vago sorriso.

— Maio tem umas tardes muito bonitas — disse o homem.

— É — concordou o caixa.

O homem ficou um minuto observando-o. Observou a camisa branca, de mangas compridas; o colarinho bem passado; a gravata. Observou os óculos, a cabeça: o caixa estava quase careca, só tinha um resto de cabelo, nos lados, mas esse resto estava sempre bem penteado. O caixa estava sempre muito bem arrumado. O homem gostava daquele apuro: fazia-o sentir-se bem. Era como todo o banco: tudo muito limpo, arrumado, agradável; até aqueles vasos de planta na entrada. Sentia-se bem ali.

O rapaz estava com pressa — sempre havia daqueles apressados —, mas ele não: se acontecia de demorar ou atrasar alguma coisa, ficava calmamente esperando ali, no balcão. Para se distrair, olhava as pessoas que passavam lá fora. Às vezes olhava para o movimento dentro do banco. Era um salão muito grande, com um balcão quadrangular, que atendia em todos os lados, com exceção do fundo. Dentro, os funcionários batendo às máquinas, conferindo arquivos, andando de uma mesa para outra. A maioria era de jovens, mas havia também alguns mais velhos. E algumas moças. A mais bonita era a que atendia no balcão, Janete, uma loira muito bonita, com a blusa sempre muito justa. Ela já o conhecia bem, era cliente velho. Ele, toda vez que entrava no banco, fazia questão de cumprimentá-la. Às vezes fazia alguma brincadeira com ela. Janete era muito bonita e muito simpática. Uma moça bacana. Os outros funcionários também eram simpáticos. Principalmente o caixa, Alves.

Alves era muito atencioso, muito educado. Um sujeito fino. Nunca tivera com ele nenhum atrito; nunca recebera dele uma palavra ou mesmo uma expressão desagradável — de chateação, de irritação ou o que fosse. E não haveria nada de mais se isso acontecesse. Se o caixa perdesse a paciência uma hora, seria a coisa mais normal, pois, além do próprio trabalho, que nos dias de maior movimento não devia ser sopa, ainda havia as pessoas, certos tipos que estão a fim de criar caso com os outros, tipos que, por qualquer coisinha, já vão engrossando. Aquele rapazinho, por exemplo, a cara que ele fez; teve até vontade de falar pelo caixa e dizer: "Você é jovem, meu filho; você tem muito tempo para esperar." Mas jovem é assim mesmo, impaciente. O caixa, no entanto, não dissera nada. Era sempre assim com todo mundo. Uma flor de pessoa.

Gostava dele. Sentia-se bem só de estar ali, a seu lado, observando-o trabalhar: calmo, os gestos precisos. Às vezes puxava uma prosinha com ele: o caixa sempre respondia educadamente, mas não era de conversar muito. Era um sujeito mais calado. Temperamento. Conhecia outras pessoas assim. Simpatizava com gente desse jeito. Decerto é porque ele próprio falava muito; não sabia por quê. E eram sempre bons sujeitos. Seu medo era de que um dia, por qualquer motivo, entrasse um outro funcionário no lugar do caixa. Mas isso certamente não aconteceria: havia já quase vinte anos que o caixa trabalhava ali, no banco, como ele próprio uma vez contara. Ele já era tão parte do banco como aquele balcão, aquele relógio na parede.

— Seu Olavo...

Era o caixa. Passou-lhe o dinheiro:

— Confira, por favor.

— Perfeito... — ele disse. — Muito obrigado, Alves. Uma boa tarde para você.

— Para o senhor também — o caixa respondeu.

O homem deu adeusinho para a moça loira no balcão e saiu.

O caixa estava de novo olhando para a rua. Havia mais duas pessoas esperando no balcão. Uma delas perguntou se ainda demorava: o caixa respondeu de modo vago.

Ele então saiu do compartimento e foi andando por entre as mesas com os funcionários e as máquinas, até o fundo, desaparecendo por uma porta.

Quinze minutos depois, havia umas cinco pessoas esperando, e ele ainda não tinha voltado. As pessoas estavam impacientes. O caixa do lado pôs a cabeça de fora do compartimento e perguntou a uma funcionária que ia passando se não sabia dele. Ela disse que decerto ele tinha ido tomar café.

— Mas ele não disse nada — comentou o caixa, e mostrou as pessoas esperando. — Olha aí...

— Decerto ele já está vindo; o Alves não é de matar trabalho...

— Por isso mesmo é que eu estou estranhando.

— Ele já deve estar vindo.

Foi o que o caixa também disse às pessoas, por cima do vidro; e acrescentou, já se virando para atender um cliente:

— Num instante ele está aí.

Mas o instante passou, e o caixa do lado de novo se inquietou: agora havia mais gente esperando, alguns já resmungando e reclamando.

— Dorinha — ele disse, chamando a moça. — Telefona para a cantina; assim não é possível.

— O Alves não voltou ainda?

— Olha aí — ele disse, mostrando as pessoas, e algumas aproveitaram para fazer uma cara ruim.

A moça discou:

— Maria? Oi, bem; é a Dorinha. Escuta, o Alves está por aí? Alves, o Felisberto...

A voz pediu que ela esperasse um minuto; depois informou: não estava, nem estivera aquele dia.

— Nem esteve?...

Dorinha voltou ao caixa:

— Não está nem esteve.

— Não?... Mas...

O caixa olhou desnorteado para as pessoas esperando.

— Ô amigo — disse um homem que estava mais apressado, — você mesmo não pode pagar isso? Tenho urgência, já faz mais de meia hora que eu estou aqui.

— E eu, que já tem quase uma hora? — disse o rapazinho.

Um funcionário do balcão, notando a irregularidade, veio ver o que era:

— O que houve? — perguntou.

— O Alves — disse a moça.

— Ele saiu sem dizer nada e até agora não voltou — contou o caixa. — Olha o tanto de gente que está esperando. Assim não dá. Vê se acha ele aí para mim, me faz esse favor.

— Na cantina eu já olhei — disse a moça; — ele não está nem esteve lá hoje.

— Vai ver que ele está no banheiro — disse o do balcão.

— Banheiro? — disse o caixa. — Só se ele estiver com uma diarreia daquelas...

A moça deu um risinho.

— Vai ver que ele está tomando banho — um cliente comentou com outro.

— Me faz esse favor — pediu o caixa; — telefona para as outras seções, procurando.

Voltou-se para o pessoal:

— Por favor, vocês aguardem mais um minutinho; houve um imprevisto, o Alves estava aqui agora mesmo...

— "Agora mesmo"... — disse o apressado para outro; — só que eu cheguei aqui já tem mais de meia hora...

Passado mais um pouco, voltou o do balcão:

— Ele não está em nenhum lugar.

— Em nenhum lugar? Essa é boa... Então onde que ele está?

— Não sei, uai; não acabei de dizer que ele não está em nenhum lugar?

— Você telefonou para todas as seções?

— Todas.

— Essa não...

O caixa não sabia o que fazer.

— Sô Nilo disse que é para você acumular o serviço até o Alves aparecer — acrescentou o do balcão.

23

— Acumular? Só faltava essa — disse o caixa, resmungando.

— O que houve, hem? — perguntou um dos clientes, querendo mostrar atenção.

— O caixa sumiu.

— Sumiu?...

— Vai ver que ele virou fantasma — disse um outro, mas ninguém achou muita graça.

Dentro do banco — a notícia já se espalhara — continuavam a procurar e a telefonar.

Finalmente um telefonema:

— Ele está aqui: no depósito.

— Depósito... O Alves?...

O faxineiro é que o tinha achado.

— O que ele está fazendo aí?

— Não sei. Acho melhor o senhor vir aqui...

— O que houve?

— Ele está meio esquisito.

— Meio esquisito?...

O funcionário comunicou ao subgerente. Os dois decidiram ir juntos. No salão, o pessoal ficou comentando, na expectativa.

Chegaram ao depósito, que ficava no subsolo.

Era um cômodo largo, no fundo do qual havia um cômodo menor, com uma mesinha e uma cadeira, as paredes cobertas de pastas de cartolina, amarradas com barbantes.

— Ele está lá — disse o faxineiro. — É melhor ir chegando devagar... O Sô Alves não está bom, não...

Os dois foram chegando devagar, o faxineiro atrás. Pararam à porta. Alves estava sentado sob a lâmpada acesa, os olhos fixos na mesinha, como se estivesse lendo alguma coisa — mas não havia nada em cima da mesinha. O subgerente olhou para o funcionário: o funcionário fez uma cara de "ele não está bom mesmo, não".

— Você veio fazer alguma coisa aqui, Alves?... — perguntou o subgerente, com uma voz jovial.

Alves não se moveu: não disse nada, nem olhou para eles; continuou na mesma posição. O funcionário olhou para o subgerente, com uma cara de "não estou dizendo que ele não está bom?"

O faxineiro olhava por cima dos ombros dos dois:

— Desde a hora que eu achei ele que ele está assim.

— O que há, Alves?... — o subgerente perguntou, e então foi entrando.

Quando chegou perto, Alves se ergueu de repente, e ele saiu correndo desabalado.

Os companheiros já estavam na escada.

— Ele está louco, o Alves está completamente louco — disse o subgerente, ofegando. — Ele quis me dar uma canivetada, vocês viram?

— Canivetada? — disse o funcionário. — Eu não vi nada; a hora que eu vi o Alves levantando, eu pus sebo nas canelas.

— Eu disse que era para ter cuidado — lembrou o faxineiro, ofegando também.

— Ele está completamente louco — disse o subgerente.

Um outro funcionário havia chegado.

— O Alves enlouqueceu — contou o que já estava lá.

— O Alves? Enlouqueceu? Você está brincando...

— Brincando? — disse o subgerente. — Entra ali dentro, se você for homem; te dou o que você quiser. O Alves quase me mata com uma canivetada.

— Canivetada?...

O outro não podia acreditar.

— Eu é que descobri ele — contou o faxineiro. — Fui varrer aqui e dei com ele lá dentro. Pensei, a hora que eu vi ele: "O Sô Alves não está bom, não..." E aí eu telefonei.

— O Doutor Hermes já está sabendo?

Doutor Hermes era o gerente. Telefonaram dali, contando para ele. Ele veio, com mais um outro funcionário. Eram seis agora. E, pouco depois, chegaram mais três.

Tinham acabado de contar os detalhes para o gerente.

— Mas que coisa mais surpreendente... — disse ele. — E quem o encontrou?

— Eu, Seu Doutor — disse o faxineiro; — eu é que encontrei ele.

— Mas como isso pode ter acontecido?...

— É o que eu pergunto — disse um dos funcionários; — pois ainda há pouco conversei com ele e não notei nada...

— Que coisa mais surpreendente... — repetia o gerente. — Ele está lá dentro?...

— Está; ele está lá, sentado. Ele não diz nada: ele só fica olhando para a mesa, como se ele estivesse lendo alguma coisa. O Alves está completamente doido.

O gerente deu alguns passos, o sub o segurou:

— O senhor está louco? O senhor vai entrar ali? Ele quase me matou com uma canivetada. O Alves está doido varrido.

— Alves! — o gerente chamou, daquele lugar. — Ô Alves! O que há, rapaz? Você está sentindo alguma coisa?

Eles aguardaram um minuto, mas não veio resposta, nem qualquer ruído. Entreolharam-se.

— Não estou dizendo? — disse o sub. — Não vai ser mole tirar ele daí, não.

— Veremos — disse o gerente. — Se ele não sair por bem, sairá por mal. Onde já se viu?

Deu mais um passo:

— Felisberto, meu filho, é o Hermes quem está falando. Eu quero que você saia. Não é hora de você estar aí; seu caixa está lá, esperando...

— Quem diria... — comentou o funcionário que não podia acreditar.

— Alves! — disse o gerente, mais enfático. — Se você não sair, eu vou mandar te tirar daí, hem? Estou falando sério.

O funcionário que não podia acreditar aproximou-se mais, sob o olhar e o consentimento dos outros, prontos para correr ao menor alarme.

Chegou até a porta:

— Alves... — disse, num tom amigo.

Os outros esperavam: não houve resposta. O funcionário abanou a cabeça para eles.

Alves estava lá, imóvel, olhando fixo para a mesa. O funcionário não podia acreditar que ele tivesse mesmo ficado louco. Aproximou-se mais, e então recuou de repente — os outros correram apavorados, o gerente e o faxineiro chegaram a subir a escada.

— Ele está mesmo com um canivete — contou, de volta, o funcionário.

— Já passou dos limites — disse o gerente, o coração aos pulos. — Gervásio, chama lá os guardas; vamos ver se agora ele não sai.

— Que coisa... — disse o funcionário, que agora acreditava, e estava menos assustado do que chocado.

— Eu disse — lembrou o subgerente. — Ele está louquinho; completamente.

— Vamos ver agora — disse o gerente.

Os dois PMs chegaram. O gerente contou para eles.

— Ele está armado — alertou; — ele está disposto a tudo. Tomem cuidado, rapazes.

Os guardas foram em direção ao cômodo, a turma atrás. Um guarda ficou na porta, pronto para agir, e o outro entrou. A turma ficou olhando.

— Seu canivete — pediu o guarda.

Alves olhou para ele e — em vez do que a turma esperava — entregou o canivete, sem nenhuma reação, sem mesmo se levantar.

— Vamos lá para fora? — disse o guarda.

Alves se levantou e veio. Na porta, olhou para os que olhavam para ele: mas sua boca não disse nada, e seus olhos, arregalados, tinham uma estranha agudez.

— Alves... — disse o que custara a acreditar.

Alves olhou para ele como se não o conhecesse.

— Nunca pensei que isso um dia pudesse acontecer com o Alves — dizia um funcionário no banco, horas depois, quando todo mundo comentava o caso.

— Talvez ele próprio nunca tivesse pensado — observou um outro, que entendia mais das coisas.

— Ele próprio? O que você quer dizer com isso?

— Nada — respondeu o outro. — Só quero dizer que, neste mundo de hoje, a gente nunca sabe o que pode acontecer de uma hora para outra com a gente.

Surpresas da vida

O professor deu um sorriso largo:
"Mas que contentamento!"
Eu disse que eu também estava contente.
"É um prazer!", ele disse.
Eu disse que para mim também.
Isso foi numa tarde quente de dezembro. Tínhamos nos encontrado em plena rua, e fazia anos que não nos víamos.
"Que tal se tomássemos uma cerveja?", o professor disse. "Para comemorar tão importante reencontro..."
"Seria ótimo", eu disse.
"Não seria bom uma cervejinha agora?", ele disse.
"Seria ótimo", eu disse.
Fomos então para o bar mais perto. Sentamo-nos. O professor pediu a cerveja.
A vida é cheia de surpresas... Sinceramente: eu nunca pensara que aquela cena pudesse um dia acontecer — eu com o professor, nós dois sentados num bar, em plena tarde, tomando cerveja. Primeiro, que o professor era, como dissera um

outro professor, a ele se referindo naqueles tempos de colégio, "uma pessoa muito circunspecta"; a gente não podia imaginar que ele, encontrando-se com um ex-aluno na rua, se manifestasse com aquela alegria. Segundo, que eu tinha para mim que o professor jamais pusera na boca uma bebida alcoólica.

Assim que duas também foram as minhas reações. A primeira, sentir-me lisonjeado — "desvanecido", como diria o professor —, pois aquilo era uma honra. Apesar de todo o tempo decorrido desde o colégio, eu tinha ainda aquele sentimento, que algumas pessoas carregam pela vida inteira, de respeito e veneração pelo antigo mestre. A segunda reação foi de surpresa, agradável surpresa por vê-lo tomando cerveja, e, olhe lá, não com aquela timidez e certa falta de jeito que se poderia esperar: quando mal havíamos começado a lembrar os velhos tempos, ele, para meu espanto, já tinha esvaziado um copo, e o meu ainda estava pela metade.

Pensei: é estranho como a gente ignora o que as pessoas realmente são... E eu o olhava, admirado: seria mesmo aquele o professor do meu tempo? Mas era, até fisicamente, pois, a não ser a careca e uma barriga maior, e mais pronunciado aquele vago ar de deboche (ou não seria de deboche?), ele em nada mudara. Até aquele terno cinza: eu seria capaz de jurar que aquele terno era daquele tempo.

Pensando melhor, eu não devia me espantar tanto: era natural que no colégio, em meio aos alunos, o professor mostrasse aquela circunspecção; e, afinal de contas, qual de nós havia deparado com ele em circunstâncias mais banais? Pois, se não estava presente a famosa circunspecção, ali estava a mesma atenção, a mesma gentileza, a mesma bondade. E depois, também, fazia um calor infernal, o que certamente ajudava um pouco a descontração.

E é por isso tudo que, enquanto falávamos de A, que se casara, e de B, que estava ficando conhecido na política, e de C, que nunca mais víramos, todos meus colegas e alunos seus, havíamos já chegado ao fim da segunda cerveja e de alguns pastéis — sugestão do professor que, com a mesma rapidez (eu diria sofreguidão, não fosse a palavra inadequada para ele) com que enxugava um copo, deglutia um pastel.

A garrafa vazia foi substituída por uma nova, e uma linguiça em pedaços (também sugestão do professor) tomou o lugar dos pastéis. Vou dizer: carne mesmo não existia naquela linguiça, era pura gordura e pimenta, e eu já ia protestar, quando o professor comentou que a linguiça estava "digna dos deuses". O que fiz? Calei a boca e engoli meu protesto junto com a linguiça ruim. Talvez aquele respeito de que eu já falei...

Mas o calor e a cerveja — eu começava a sentir aquela agradável tontura que o álcool provoca — foram me descontraindo também, e eu extravasei um pouco do que estava sentindo.

"Sinceramente, professor", eu disse, "eu nunca pensei que isso pudesse um dia acontecer: eu com o senhor aqui, a gente tomando cerveja; o senhor sempre me pareceu uma pessoa muito circunspecta..."

"Circunspecta?", ele disse. "Eu sou realmente; mas não com os amigos."

Achei a frase meio demagógica; talvez fosse resultado da cerveja. Pois, afinal, que amizade existia ou existira entre ele e mim, além da relação formal de professor e aluno?

Foi o que eu disse a ele.

Eu disse: "Sou apenas um ex-aluno, um ex-aluno como qualquer outro."

"Como qualquer outro...", ele sorriu. "Aí é que você se engana... Você não sabe que numa turma de alunos há sempre aqueles de que a gente mais gosta, aqueles de que a gente não se esquece?..."

Com toda a franqueza: ao mesmo tempo que me lisonjeou, aquilo, mais ainda, me surpreendeu. Eu nunca percebera a tal predileção. É verdade que eu fora um bom aluno, e nem uma vez tivera atritos com ele; mas daí a ser um dos alunos preferidos havia uma distância em branco que eu não via àquela hora como preencher. Mas aceitei, sem mais indagações, a revelação, gostando dela.

E foi assim que, quase insensivelmente, passamos à terceira garrafa — e, dessa vez, dobradinhas, que eu não aprecio muito, mas que, naquele estado de espírito, comi e achei ótimo.

Estávamos já num clima de total cordialidade. O professor então perguntou sobre mim, o que eu fazia, o que eu andava fazendo. Falei do emprego que arranjara. Ele perguntou se era bom. Eu, já meio eufórico, respondi que era ótimo, embora não fosse tão bom assim — para dizer a verdade, era até bem ruim.

Ele disse que ficava contente de saber. E aí passou a falar dele, a se queixar da "árdua e ingrata missão do professor". Disse que ganhavam uma miséria, salário de fome, atacou o governo, falou em injustiça social, citou Karl Marx e uma encíclica do Papa, mostrou as mangas puídas do paletó (devia ser mesmo daquele tempo), contou de um tratamento sério que precisava fazer e não tinha dinheiro, havia dias que não tinha dinheiro nem para comprar cigarro.

Eu fui concordando, dizendo que era assim mesmo, que isso não era certo e tal, o senhor tem toda a razão — mas, não sabia por quê, aquela conversa não estava me agradando, e eu fui ficando cada vez mais calado.

E então ele também foi parando de falar. E aí ficamos os dois em silêncio.

A garrafa estava vazia, e ele perguntou se eu queria tomar mais uma.

"O senhor é que sabe", eu disse.

"Não, você é que sabe", ele disse.

"Já é meio tarde", eu disse, olhando as horas.

Lá fora começava a escurecer.

"Vamos então embora?", ele disse.

"Vamos", eu disse.

Olhamos, ao mesmo tempo, procurando o garçom. Fiz sinal para ele trazer a conta.

O garçom demorou um pouco, e então trouxe.

"Vinte e três cruzeiros", eu disse, numa voz de velório.

O professor pediu o papelzinho. Ficou conferindo.

"É isso mesmo", ele disse; "está certo. Até que ficou barato..."

Estendeu-me o papel:

"Você vai pagar?... Estou meio desprovido hoje, e como você está ganhando bem..."

"Hum", eu disse.

Enfiei a mão no bolso. Contei o dinheiro abaixo da mesa: duas notas de dez e uma de cinco. Sobravam-me dois cruzeiros e alguns miúdos.

O garçom veio, pegou o dinheiro e levou.

Trouxe o troco.

"A próxima vez sou eu, hem?", disse o professor, se levantando.

Na rua, o movimento das seis horas: gente, carros, barulho e agitação.

"Foi um grande prazer", o professor disse.

Eu dei um arroto quase na cara dele. Não pedi desculpa.

"Então até a vista", ele disse.

Deu-me uns tapinhas no braço e foi andando devagar pela avenida: gordo, satisfeito, feliz — o filho da puta.

Fazendo a barba

O barbeiro acabou de ajeitar-lhe a toalha ao redor do pescoço.
Encostou a mão:
— Ele está quente ainda...
— Que hora que foi? — perguntou o rapazinho.
O barbeiro não respondeu.
Na camisa semiaberta do morto alguns pelos grisalhos apareciam.
O rapazinho observava atentamente.
Então o barbeiro olhou para ele.
— Que hora que ele morreu? — o rapazinho tornou a perguntar.
— De madrugada — disse o barbeiro; — ele morreu de madrugada.
Estendeu a mão:
— O pincel e o creme.
O rapaz pegou rápido o pincel e o creme na valise de couro sobre a mesinha. Depois pegou a jarra de água que havia trazido ao entrarem no quarto: derramou um pouco na vasilhinha do creme e mexeu até fazer espuma.
O rapaz era sempre rápido no serviço, mas, àquela hora, sua rapidez parecia acompanhada de

algum nervosismo: o pincel acabou escapulindo de sua mão e foi bater na perna do barbeiro, que estava sentado junto à cama. Ele pediu desculpas, muito sem graça e mais descontrolado ainda.

— Não foi nada — disse o barbeiro, limpando a mancha de espuma na calça; — isso acontece...

O rapaz, depois de catar o pincel, mexeu mais um pouco, e então entregou a vasilhinha com o pincel ao barbeiro, que ainda deu uma mexida.

Antes de começar o serviço, o barbeiro olhou para o rapaz:

— Você acharia melhor esperar lá fora? — perguntou, de modo muito educado.

— Não, senhor.

— A morte não é um espetáculo agradável para os jovens — disse. — Aliás, para ninguém...

Começou a pincelar o rosto do morto. A barba, de uns quatro dias, estava cerrada.

Através da porta fechada vinha um murmúrio abafado de vozes rezando um terço. Lá fora o céu ia acabando de clarear; um ar fresco entrava pela janela aberta do quarto.

O barbeiro devolveu a vasilhinha com o pincel; o rapaz já estava com a navalha e o afiador na mão: entregou-os ao barbeiro e pôs na mesa a vasilhinha com o pincel.

O barbeiro afiava a navalha. No salão, era conhecido o seu estilo de afiar, acompanhando trechos alegres de música clássica, que ele ia assobiando. Ali, no quarto, ao lado de um morto, afiava num ritmo diferente, mais espaçado e lento: alguém poderia quase deduzir que ele, em sua cabeça, assobiava uma marcha fúnebre.

— É tão esquisito — disse o rapazinho.

— Esquisito? — o barbeiro parou de afiar.

— A gente fazer a barba dele...

O barbeiro olhou para o morto:

— O que não é esquisito? — disse. — Ele, nós, a morte, a vida. O que não é esquisito?

Começou a barbear. Firmava com a mão esquerda a cabeça do morto, e com a direita ia raspando.

— Deus me ajude a morrer com a barba feita — disse o rapazinho, que já tinha alguma barba. — Assim, eles não têm de fazer ela depois de eu morto. É tão esquisito...

O barbeiro se interrompeu, afastou a cabeça e olhou de novo para o rosto do morto — mas não tinha nada a ver com a observação do rapaz, estava apenas olhando como ia seu trabalho.

— Será que ele está vendo a gente de algum lugar? — perguntou o rapazinho.

Olhou para o alto — o teto ainda de luz acesa —, como se a alma do morto estivesse por ali, observando-os. Não viu nada, mas sentia como se a alma estivesse por ali.

A navalha ia agora limpando debaixo do queixo.

O rapazinho observava o rosto do morto, seus olhos fechados, a boca, a cor pálida: sem a barba, ele agora parecia mais um morto.

— Por que a gente morre? — perguntou. — Por que a gente tem de morrer?

O barbeiro não disse nada. Tinha acabado de barbear. Limpou a navalha e fechou-a, deixando-a na beirada da cama.

— Me dá a outra toalha — pediu; — e molhe o paninho.

O rapaz molhou o paninho na jarra; apertou-o para a água escorrer, e então o entregou ao barbeiro, junto com a toalha.

O barbeiro foi limpando e enxugando cuidadosamente o rosto do morto. Com a ponta do pano, tirou um pouco de espuma que tinha entrado no ouvido.

— Por que será que a gente não acostuma com a morte? — perguntou o rapazinho. — A gente não tem de morrer um dia? Todo mundo não morre? Então por que a gente não acostuma?

O barbeiro fixou-o um segundo:

— É — disse, e se voltou para o morto.

Começou a fazer o bigode.

— Não é esquisito? — perguntou o rapazinho. — Eu não entendo.

— Há muita coisa que a gente não entende — disse o barbeiro.

Estendeu a mão:

— A tesourinha.

Na casa, o movimento e o barulho de vozes pareciam aumentar; de vez em quando um choro.

O rapazinho pensou, alegre, que já estavam quase acabando e que dentro de mais alguns minutos ele estaria lá fora, na rua, caminhando no ar fresco da manhã.

— O pente — pediu o barbeiro; — e pode ir guardando as coisas.

Quando acabou de pentear, o barbeiro se ergueu da cadeira e contemplou o rosto do morto.

— A tesourinha de novo — pediu.

O rapaz tornou a abrir a valise e a pegar a tesourinha.

O barbeiro se curvou e cortou a pontinha de um fio de cabelo do bigode.

Os dois ficaram olhando.

— A morte é uma coisa muito estranha — disse o barbeiro.

Lá fora o sol já iluminava a cidade, que ia se movimentando para mais um dia de trabalho: lojas abrindo, estudantes andando para a escola, carros passando.

Os dois caminharam um bom tempo em silêncio. Até que, à porta de um boteco, o barbeiro parou:

— Vamos tomar uma pinguinha?

O rapaz olhou meio sem jeito para ele; só bebia escondido, e não sabia o que responder.

— Uma pinguinha é bom para retemperar os nervos — disse o barbeiro, olhando-o com um sorriso bondoso.

— Bem... — disse o rapaz.

O barbeiro pôs a mão em seu ombro, e os dois entraram no boteco.

Carta

Eu era um menino como qualquer outro, amado por um pai extremoso. Quando a adolescência veio, esse amor, que nunca mudou, me fez diferente dos outros da minha idade, me separou deles como do cascalho se separa o diamante. Diamante, puro e transparente como diamante: é assim que você me queria. Mas, Papai, você não vê que o homem é feito de sangue, suor e tripas, e que a pureza é só um sonho?

É como se você me tivesse posto numa redoma, e nela eu vivesse. Eu não tentava sair, mas não sei se era por amor ou por medo; se porque te amava ou se porque não sabia agir de outro modo. Mas eu nem sei direito se eu te amava; talvez o que eu sentisse por você fosse mais pena do que amor. Pena dessa sua falta de jeito para tudo, para pôr uma gravata ou para conversar com as pessoas, por mais íntimas que elas sejam. Mas quem algum dia foi realmente seu íntimo? Quem chegou a penetrar nessa solidão, que existia mesmo quando Mamãe era viva? E essa pureza, essa implacável pureza que você carrega como uma tara e que te torna estrangeiro ao mundo e até ao seu próprio corpo?...

Eu era como que o espelho em que você se mirava para encontrar, no mundo, o único amparo à sua solidão — eu era a sua imagem e semelhança. Como ousaria eu te roubar esse amparo, te apresentar uma imagem em que você não se reconhecesse mais, uma imagem suja de pecado?

Eu sei: você é bom, honesto, trabalhador, e me ensinou a ser tudo isso. Você nunca me deixou faltar comida nem roupa, e me deu os melhores colégios para estudar. Não posso me queixar quanto a isso. Mas a sua pureza, Papai, o seu medo de que eu viesse a ser um desses jovens perdidos de hoje, me estragou, me deformou, fez de mim um incapacitado para viver — ressentido, solitário, separado da vida como um bicho selvagem no fundo de uma caverna escura e fria, com medo da luz e dos ruídos. Eu bem que sairia da caverna, se você me ajudasse; mas eu nunca te pediria essa ajuda, porque você nunca a poderia dar. É verdade também que você não guardava a caverna, que nada havia tampando a saída; mas tampar para quê, se durante tanto tempo você havia me ensinado a ter medo de lá fora e a gostar da caverna que, no mais íntimo de mim, eu odiava?

A mulher, em que eu via a própria encarnação da vida, tornou-se para mim uma ameaça, uma ameaça permanente, um perigo, uma emboscada que me perseguia até nos sonhos. Embora uma parte de meu ser ansiasse por se entregar a ela, a outra parte — que você havia marcado com o sinete da sua pureza e alimentado todo o tempo, de modo a torná-la a mais forte — a subjugava, como, numa estampa da infância, São Miguel Arcanjo subjugando aos pés o demônio.

Não, eu não estou te culpando de nada. Culpa, inocência, que sentido têm essas palavras, quando somos todos homens? Que pensaria você da palavra culpa quando procurasse relacioná-la com a sua vida e visse só esse amor que hora nenhuma você deixou me faltar? Como você poderia compreender que foi exatamente ele que estragou minha vida?

Todos estes anos eu vivi num inferno interior, mas você não sabia disso, porque eu o ocultava de você. Por fim, a coisa se tornou instintiva em mim: eu era um por fora e outro por dentro. E, além disso, conversamos sempre tão pouco e as cartas foram sempre tão breves... Mas, também, de que poderíamos falar? Dentro de mim eu só tinha aquele inferno; e você, a sua solidão. Nas férias, quando eu vinha, bastava a minha presença em casa para te alegrar — minha presença muda. Essa mudez era, porém, para você, como um pássaro cantando. Só que o pássaro estava engaiolado, e você não via; você achava o canto belo, como iria ver a gaiola?

Mas, para o pássaro, o que existia era a gaiola, e não o canto. E o desejo de fugir para a liberdade.

Marisa estimulou esse desejo. Marisa era a liberdade, a vida, o amor. Eu a amava, Papai. Nem é isso, essa palavra não diz nada do que eu sentia por ela, do que eu nela via. Eu via nela a mãe que eu perdi criança, a irmã que eu não tive, a namorada que eu não tive, a prostituta que eu não tive, todas as mulheres que eu encontrava na rua e nos meus sonhos. Mãe, Irmã, Namorada, Prostituta, Nossa Senhora, tudo. Não é quase louco que eu tenha visto tudo isso numa menina de apenas treze anos? Mas eu também não sou quase louco? Para muitos — e quem sabe se para mim mesmo —, não haverá mais agora esse quase.

Faz uma hora que deixei Marisa no quartinho lá fora, jogada na cama, o vestido amarrotado, os cabelos sobre o rosto e manchas de sangue no lençol: estupro. Sim, Papai, foi isso o que houve: estupro. Eu a levei para lá e a agarrei e ameacei. Não vi a hora que eu fiz isso, mas sei que eu fiz, tudo isso — como um animal. Agora ela já deve ter ido embora, pelos fundos, e eu estou aqui, na sala. Quando você chegar, talvez já não me encontre.

Não, eu não estou pensando em fugir. Eu poderia, se quisesse; mas fugir de quê, ou para quê? Não há mais nada. Não há mais nada. E é por isso que eu estou tão tranquilo e que estou podendo te escrever esta carta.

A volta do campeão

Naquelas tardes quentes, sem ter o que fazer e cansado de ficar em casa, ele ia para a praça e sentava-se num banco. Do fundo das rugas, contraídas pelo aborrecimento, os olhos acompanhavam, sem interesse, as pessoas e coisas que passavam. Até que, cansado disso também, ele se levantava e ia andando a esmo pelos terrenos baldios, de onde voltava já ao escurecer.

Foi numa dessas caminhadas que ele descobriu os meninos. Eles estavam num dos terrenos, reunidos em roda, e faziam algo que, a julgar pela atenção em que se achavam, devia ser bem interessante. Ele foi chegando mais perto e viu o que era: eles estavam jogando tabela — as bilocas espalhadas numa grande extensão. Ao vê-las assim, ele sentiu de repente aquela emoção que tantas vezes sentira quando criança.

Os meninos, presos na expectativa do jogo, mal ligaram para a sua chegada, outro tanto acontecendo com ele que, colocado de maneira imprevista na mesma situação deles, também esperava, com ansiedade, o próximo lance, que um dos adversários — gorducho e claro — caprichava, medindo a distância e calculando a força: bateu, enfim, no tronco da árvore, e os olhos de todos acompanharam a biloca, que atravessou várias, passando rente, e, afinal, não acertou em nenhuma.

— Nossa! — exclamou um dos que assistiam.

Agora, o outro adversário — miudinho, de cabelo caindo na testa —, aliviado e de novo com a chance, caprichava mais ainda, levando a mão várias vezes ao tronco e não batendo, como se estivesse certo de que aquela era a sua última chance, a última que, a cada vez, um dos dois achava que seria e que depois via que incrivelmente não fora, o jogo se prolongando, as bilocas espalhadas por todo lado, o terreno já cheio delas; por fim, cuspiu, fez feitiço no tronco e levou a mão devagar atrás para bater.

Ele mordia a unha — e quando viu a biloca correr de efeito e, sob novo espanto geral, parar a meio centímetro de outra, não pôde mais:

— Deixa eu jogar a próxima vez — pediu, e foi então que os meninos finalmente tomaram conhecimento de sua presença.

Os dois do jogo, meio assustados com aquela inesperada intromissão, olhavam-no, examinando, antes de responder qualquer coisa.

— Valendo? — o gorducho afinal perguntou.

— É — disse ele, seco para jogar.

Os dois examinando-o: não sabiam o que responder. Os outros acompanhavam em silêncio.

— O senhor sabe jogar? — perguntou o gorducho, desconfiado.

— Eu fui o maior campeão do meu tempo, menino.

A resposta mais do que satisfez: os olhos do gorducho brilharam de surpresa e admiração.

Fingindo indiferença, o gorducho então virou-se para o outro:

— Pode, Dudu?

Dudu, que já tirara as suas conclusões — que ele estava inventando aquela história de campeão, ou que, mesmo que aquilo fosse verdade, ele seria menos perigoso do que o adversário —, respondeu, no mesmo tom, de calculada indiferença:

— Pode.

— Valendo, né?

— É.

— Todo mundo é testemunha — disse o gorducho, que, pelo jeito, ele notou, não tinha nenhuma dúvida de que ele acertaria.

Ciente de sua responsabilidade e perturbado por aquele inesperado ressurgir de uma emoção que havia quase cinquenta anos não sentia, ele não se preocupou de enfeitar a jogada, o que justificaria o "maior campeão do meu tempo": fez apenas um cálculo meio rápido e bateu — e pá! a biloca acertou numa das primeiras.

O gorducho gritou, a meninada explodiu — e ele, ele foi tomado de um modo tão fulgurante por aquela antiga sensação de vitória, que, por alguns segundos, só teve olhos para si próprio, para o menino que ele outrora fora e de novo era naquele instante.

Só depois é que o adulto nele observou o outro, o que perdera, o que não estava participando da festa: quietinho, mudo, de mãos nos bolsos, Dudu olhava o gorducho catar as bilocas, ajudado pela turma. Sabia o que Dudu devia estar sentindo, sabia perfeitamente...

Ele não usara nenhuma tática especial, desconhecida dos meninos; apenas a sorte, que para eles não tinha aparecido, aparecera para ele. Mas a circunstância o transformara, para os dois, num ser especial: lia isso nos olhos deles, tanto do que ganhara quanto do que perdera, lia isso profundamente...

O gorducho, que tinha uma voz rouca, engraçada, quase não conseguia falar, de contentamento, os bolsos estufados com as bilocas. Ah, os bolsos estufados com as bilocas... Como ele se revia, e como lembrava de cada coisa...

E quando o outro enfiou a mão no bolso, procurando as bilocas, e trouxe-a de volta só com duas

— o modo como olhou para as duas na mão —, ele não resistiu e teve um novo impulso:

— Vamos fazer o seguinte — parlamentou com o gorducho, usando de diplomacia: — eu joguei uma vez para você; não é justo que eu não jogue uma vez para ele também, você não acha?

O gorducho não achou muito... No miúdo, um começo de alegria apareceu.

— Só se ele não quiser que eu jogue — e virou-se para o miúdo: — qual é o seu nome? Dudu, né?

— É.

— E o seu? — perguntou, voltando-se para o gorducho: era preciso ser diplomata.

O do gorducho era Renato.

— Você concorda, Renato? Você quer, Dudu?

Dudu queria. Renato concordou.

— Mas só uma, hem? — avisou Renato, com medo.

Dudu passou-lhe as duas bilocas.

A meninada de novo na expectativa.

Renato bateu com força, a biloca espirrou para longe. Ele bateu, demonstrando uma certa displicência para tranquilizar Dudu, que o olhava com toda a confiança.

Renato bateu. Ele. As bilocas iam se espalhando.

Pediu três, de empréstimo; Dudu olhou-o, meio aflito, mas ele, sem os outros verem, deu-lhe uma piscada animadora.

Outro empréstimo: cinco bilocas já — a banca só crescendo. E se ele perdesse? Começou a se preocupar. Preocupava-se por causa de si próprio e por causa de Dudu: seu prestígio e a confiança do menino.

Cada jogada sua recebia da plateia o dobro de atenção: seus mínimos gestos eram seguidos por aquela porção de olhos atentos. Mais preocupado com isso do que com a confiança do menino, e de certo modo aguçado em sua vaidade, cedeu, como nos velhos tempos, a um repentino capricho: levando a mão atrás, bateu por baixo da perna.

A sorte não o esquecera mesmo: acertou bem em cima de uma biloca, e a meninada veio abaixo.

Mas dessa vez houve protestos, Renato não queria aceitar:

— Assim não vale!

— Não vale por quê? — gritou Dudu, indo pegar as bilocas.

Renato correu na frente, outros meninos entraram, empurrões, começo de briga — ele veio para apaziguar:

— É preciso brigar por causa disso? Ninguém precisa brigar; a gente resolve as coisas é conversando, e não dando tapas e empurrões. Ponham as bilocas aí, no chão; vamos conversar.

Os dois puseram, resmungando. A turma tinha cercado os três, e cada um dizia uma coisa, briga ameaçando começar entre eles também.

— Vocês aí! — ele espalhou, e eles calaram-se. Esperou que se fizesse silêncio completo.

— Por que você disse que não vale, Renato?

— O senhor jogou debaixo da perna.

— E isso não vale?

— Não.

— No meu tempo valia.

— Você já jogou assim também — acusou Dudu.

— Mas nós não combinamos hoje.

— Tem que combinar?

— Tem.

— Tem nada.

— Tem.

— Tem o quê, sô!

— Tem.

— Tem, moço?

Gostou de ser chamado de moço.

— No meu tempo não tinha, não. Combinar para quê? É uma jogada muito mais difícil.

— Aí — disse Dudu.

— Mas não foi combinado — insistiu Renato.

Ele viu que não era possível um acordo entre os dois.

— Vamos fazer o seguinte — resolveu, e olhou para a turminha ao redor: — vocês é que vão decidir.

— É claro que eles vão dizer que não vale! — adiantou Dudu.

Ele se deu conta então do erro que cometera, prejudicando pela segunda vez o menino: a turma ali era quase toda de Renato.

Sem jeito para voltar atrás, tentou ainda:

— Mas vocês têm de ser honestos, dizer a verdade; mentira não vale.

A advertência foi inútil: quase todos se mostraram escandalosamente a favor de Renato, e ele não teve outro jeito senão consolar Dudu, a quem a simpatia natural e o desenrolar das coisas iam-no ligando mais.

— Deixa — ele disse; — nós recuperamos...

O "nós", talvez um pouco inadvertido, teve a força de uma separação de águas: estavam agora bem definidos os adversários, fosse qual fosse o caminhar do jogo e o final.

Ficou decidido que recomeçariam do início. Ele pegou as duas bilocas de volta.

E então o jogo prosseguiu, agora de modo mais emocionante, com uma tensão de guerra.

Ao jogar a segunda, ele acertou, numa jogada bonita, o que serviu para levantar o moral do companheiro e pôs apreensivos os adversários.

Uma nova banca foi se formando, já devia haver umas dez bilocas. Ele estava com três de empréstimo. Em nenhum momento, desde que ali chegara, sentiu tão aflitiva a necessidade de ganhar. E de tal modo estava que, numa jogada duvidosa de Renato — um dos meninos disse que a biloca havia relado —, se inflamou a ponto de surpreender a ele mesmo:

— Relou nada, menino! — esbravejou, e o coitado ficou murcho de medo.

Ele percebeu, e procurou abrandar:

— Relou?... — indagou aos outros.

Por incerteza mesmo, ou por medo, nenhum respondeu afirmativamente.

— Se relou, pode pegar — disse, magnânimo, para Renato; — mas se não relou, é roubo.

Renato correspondeu:

— Relou não. Pode jogar.

Pediu mais três, de empréstimo. Na terceira, ele acertou, e teve tanta alegria que gritou junto com o companheiro.

Dudu foi logo recolher as bilocas. Ele devolveu as de empréstimo. Ainda ficaram seis.

— Agora eu vou embora — disse Renato.

— Está com medo? — Dudu provocou.

— Medo nada: é que está ficando escuro e a Mamãe dana.

Estava mesmo ficando escuro.

— Quer continuar amanhã? — desafiou Dudu.

— Com ele? — Renato apontou, e todos olharam em sua direção, esperando que viesse dele próprio a resposta.

— Eu só vim ver vocês jogarem — ele respondeu; — eu não vou jogar mais.

— Por que o senhor não vem amanhã também? — pediu um da turma.

— Amanhã? É — disse; — quem sabe? Talvez eu venha...

Iria?... Fora ótimo o que acontecera. Descobrir que depois de quase cinquenta anos era ainda um campeão; descobrir que conservava a mesma classe, sentia as mesmas emoções daquele tempo... A banca cheia, aquele momento entre o cálculo e a batida, e depois a biloca passando entre as outras... E aquela jogada debaixo da perna? Fora sensacional, a meninada vibrara...

O que havia ele feito de suas bilocas, ou o que delas haviam feito? Decerto tinham sido dadas a alguém. Ou foram elas simplesmente se perdendo, como tantas outras coisas de sua infância? Não conseguia lembrar. Era uma coleção bacana, conseguida em muitas disputas, disputas marcadas por várias brigas. Uma coleção realmente bacana, com piocôs (lembrava principalmente daquele verdão, listrado), piubinhas (aquela "miolo de pão"), buscadeiras, solteiras, leiteiras (e aquela que passara pela mão de todo mundo? era linda, com listas vermelhas, verdes, amarelas...). Estranho que não lembrasse do que acontecera com as bilocas, pois tinha tanto amor a elas...

E seus companheiros? Pudim, Altamiro, Edson... Altamiro e Edson tinham sumido do mapa, nunca mais os vira. Pudim era fazendeiro, de vez em quando se encontravam; mas nenhum dos dois nunca mais falara nas bilocas. Que diria Pudim se passasse por ali e o visse jogando e fazendo proezas como antigamente? E se ele chamasse Pudim para jogarem de novo? Não tinha cabimento. Talvez nada daquilo tivesse cabimento...

Preferiu não contar à mulher. Mas ela notou:

— Você está com uma cara diferente; o que você andou fazendo? Chegou mais tarde...

Ele sorriu, sem dizer nada.

Na manhã do dia seguinte estava sentado no alpendre, quando viu aquele menino parado na calçada.

Tão longe estava seu pensamento, que levou alguns segundos para reconhecer o menino. Que bobagem... Era o seu companheiro da véspera!...

— Vem cá, Dudu...

O menino deu mais uns passos — e não perdeu tempo:

— Quer ser meu sócio?

— Sócio? — ele sorriu, divertido e lisonjeado com a proposta. — Mas eu não tenho nenhuma biloca!...

— Eu divido com você.

Ele ouviu o barulho da mulher chegando à sala. Convidou o menino a irem para a praça. No caminho explicou que era a sua mulher e que ela era meio implicada com menino.

— Por quê? — o menino quis saber.

— Mania — ele ergueu os ombros.

O menino achou graça.

— Então, você fica?

— Fica?...

— Meu sócio.

— Não posso, Dudu. Vocês são meninos, eu já sou um homem velho: não dá certo.

— O que é que tem?

— O que é que tem?...

— Se é por causa das bilocas, eu divido com você...

— Não é por causa disso.

— Por que é, então?

O menino o olhava atento.

— Foi tão bom ontem...

— Bom? Eu quase fiz você perder as bilocas todas!

— Mas depois você ganhou.

— É; ganhei...

— Uma hora você me ensina daquele jeito?

— Daquele jeito?...

— Debaixo da perna.

Ele sorriu e passou a mão na cabeça do menino.

— Como você me encontrou? Você sabia onde eu morava?

— Eu fui perguntando.

— É? — tornou a sorrir, admirado da persistência do menino. — Você é um garoto inteligente, Dudu...

Dudu baixou os olhos, para logo em seguida levantá-los, numa última carga:

— Você então fica?

— Sócio?

— É.

— Faz assim: eu vou lá hoje de novo, e lá nós resolvemos. Tá?

— Tá — os olhos brilharam. — Eu posso passar na sua casa para a gente ir junto? Não tem perigo de sua mulher ver: eu dou um assobio, um assobio assim...

O menino levou dois dedos à boca, e um assobio agudo cortou a praça.

— Aí você responde, e eu venho para a praça, e a gente se encontra aqui. Você sabe assobiar?

— Claro — ele disse, com displicência.

Será que ainda saberia mesmo? Ajeitou os dedos entre os lábios, puxou o ar e soprou — mas o assobio saiu chocho. O menino o olhou meio decepcionado.

— Dessa vez não saiu muito bom — se desculpou; — estou meio fora de forma. Mas eu vou melhorando, pode ficar tranquilo.

— Então até mais tarde — disse o menino, e foi caminhando de volta.

Lá pelo meio da praça o menino parou, voltou-se e deu um assobio: ele respondeu, e o assobio saiu melhor.

De tarde, no quarto, ele treinava o assobio. A mulher veio e ficou parada à porta, olhando-o. O médico e a filha já haviam-na prevenido sobre as possíveis esquisitices dele depois do derrame. De forma que ela não comentou nada; simplesmente perguntou por que ele assobiava.

— Não tenho nada que fazer; não é melhor assobiar do que não fazer nada?

Ela deu meia-volta e retornou à cozinha. Mas, depois, na ausência dele, comentaria com a filha, pelo telefone:

— Seu pai anda meio esquisito esses dias...

As horas passaram, e o fim do dia foi chegando, com ele numa ansiedade que crescia.

Então ouviu o assobio lá fora. Poderia ter esperado no alpendre, mas ficou no quarto só para ter a oportunidade de responder — e seu assobio foi perfeito, o treino dera resultado.

Encontraram-se na praça:

— O assobio agora foi bacana, hem? — o menino comentou.

— Vamos para lá?

— Vamos.

— E se eles acharem ruim eu ir?

— Acham não; eu já falei com o Renato. Sabe o que ele disse?

— O quê?

— Que você é fichinha.

— Fichinha, né? — e ele sentiu-se provocado. — Pois vou mostrar a ele. Olha aqui...

Enfiou a mão no bolso e tirou um saquinho de pano. Abriu-o: os olhos do menino se maravilharam.

— Você comprou?...

— Olha essa buscadeira.

— Nossa!...

— E essa solteira aqui?

— Que bacana!...

O menino não podia em si, de contentamento.

— Puxa, não vai ter nem graça... Você comprou foi hoje?...

— Vamos mostrar a eles o que é que nós somos.

A turma os esperava, e parecia ter aumentado — ele era uma atração. Cumprimentou-os, eles responderam alegres.

Com medo de ser visto, perguntou se não havia um lugar mais escondido, inventou umas desculpas. Eles disseram que havia: um mais para baixo, nos fundos de um barracão. E foram então para lá.

Ali sim: ali podia mostrar, com tranquilidade, toda a sua categoria.

Mas não foi fácil. Aquele dia a sorte parecia estar do lado de Renato. Ele estava só perdendo.

Agora havia uma banca boa; ele tinha de ganhar aquela, de qualquer jeito.

"É a hora do piocô", pensou.

— Piocô vale? — perguntou.

— Como? — Renato e os outros fizeram cara de estranheza.

— Piocô. Bolococô.

Eles riram.

— Não sabem o que é piocô?... — ele perguntou, também achando graça.

Ninguém sabia. Ele tirou do bolso.

— Ah, locão... — disse Renato.

— Vocês dizem é locão? No meu tempo era piocô; bolococô.

Riram de novo, estavam achando ótimo.

— Vale?

— Só se valer a minha buscadeira de aço...

Renato tirou do bolsinho uma esfera de aço e lançou-a com classe para o ar.

Ele consultou Dudu: Dudu disse que podia.

Jogou e teve sorte: o piocô acertou. Dudu recolheu a banca.

Agora o jogo estava equilibrado — e assim continuou, até que, com o anoitecer, foram embora. No dia seguinte voltariam para continuar.

O assobio lá fora veio mais cedo: não eram nem quatro horas. Ele respondeu e foi se encontrar com Dudu na praça.

— Você veio muito cedo hoje, sócio...
— Eu quero te mostrar uma coisa.
— Mostrar uma coisa?
— O nosso esconderijo.
— Esconderijo? Onde que é?
— No fundo do quintal lá de casa.
— Não dá certo — ele disse; — eu não conheço os seus pais.
— É lá no fundo, ninguém vê a gente; a gente passa pela cerca.
— Cerca? Não é difícil passar?

Que misterioso impulso o levava a ir? Talvez aquela necessidade ainda de rever na infância de um outro menino a sua infância.

"Esconderijo"... A simples palavra evocava nele uma porção de lembranças. Como seria o daquele menino? Seria também uma lata com tampa, enterrada no chão, coberta de terra e camuflada com cisco?...

E quando o menino foi mostrar, e ele viu que era, sentiu-se comovido, seus olhos ficaram úmidos. O menino, observando-o, não podia compreender por que ele estava assim, mas sentiu-se tocado por sua emoção.

— Edmundo, você é o meu melhor amigo — disse o menino.

— Não fale assim — e ele abraçou-o carinhosamente; — seu melhor amigo é seu pai.

— É nada; então por que ele não quis ser meu sócio?

— Decerto é porque ele é muito ocupado.

— Ocupado? Tem dia que ele fica dormindo até a hora do almoço!

Ele riu.

Os dois ficaram em silêncio, olhando para o chão, e, naquele instante, parecia não haver entre eles diferença de idade: era, nos olhos, a mesma expressão de pura alegria diante da latinha enterrada, cheia de coloridas bilocas — um pequeno tesouro.

Ele então olhou as horas:

— São quase cinco; vamos para o barracão?

— Vamos.

Pegaram as bilocas.

— Nós vamos acabar com eles hoje, hem? — o menino já ia se entusiasmando.

— Não vamos deixá-los com nenhuma.

— Nem uma só, para contar a história, né?

Já não era Renato, era "eles", a turma, que, por sinal, parecia ter aumentado mais ainda aquele dia: sua fama corria. Começava a distinguir entre eles alguns rostos; outros, ele não sabia se eram daquele dia ou se já tinham aparecido antes.

Haviam limpado a área: tudo estava pronto para a batalha, que prometia ser sensacional.

Foi o seu dia de glória. Foi o ponto máximo da volta do campeão. Chegou mesmo a pensar que nem antigamente ele tivera tão brilhante atuação.

Não houve jogada que não fizesse (dessa vez haviam previamente combinado que valeria tudo): de efeito, debaixo da perna, com a mão esquerda, de olhos fechados, de costas, de longe... E tudo ajudado por uma sorte escandalosa.

A meninada delirava. Pelo final, metade havia passado para o seu lado: ele era um ídolo, um campeão como eles ainda não tinham visto.

Estava endiabrado, com aquela mesma antiga sensação de que em tais momentos ele não era mais ele, mas algum espírito que dele tomava conta — e então não havia adversário, não havia obstáculo, não havia nada que se pusesse em seu caminho.

Estava fora de si, por mais que as conveniências da idade lembrassem-lhe que devia se controlar: gritava, ria, pulava, tudo numa festa só, com a meninada. E naquele momento era impossível haver lugar para a compaixão, mesmo vendo que o adversário estava esmagado, quase chorando. Guerra é guerra.

Mas, no fim, até ele próprio, o adversário, cedia ante o esplendor de sua classe:

— Você não erra mais nenhuma... Assim não tem graça...

Dudu já tinha bilocas enfiadas em tudo quanto era bolso, e ainda recebia a ajuda dos novos companheiros.

Renato estava com três de resto e não quis continuar. Mas a luta não terminara:

— Quero ver amanhã, com o Dedinho — ameaçou.

Dedinho! O nome provocou um frêmito na turma.

Na volta para casa, ele quis saber quem era o Dedinho.

— É o sócio dele — contou Dudu, excitado com as emoções daquela tarde e temeroso do dia seguinte; — ninguém ganha dele.

— Ninguém?...

— Até hoje ninguém ganhou. Precisa ver o Dedinho jogar. Ele faz umas coisas esquisitas. Ele tem um dedo a mais, pendurado, um dedinho; acho que é por causa disso.

— Dedinho... — ele repetiu, percebendo a magia que cercava o nome. — Pois nós vamos ver...

Em casa encontrou a filha:

— Estava com os meninos? — ela perguntou.

— Que meninos? — ele respondeu com agressividade, sentindo-se descoberto, sentindo violado seu segredo.

— O senhor acha que todo mundo já não está sabendo, Papai?

— Bom — ele acabou de sentar-se: — e o que tem isso?

A filha riu, carinhosa e repreensiva, um cigarro de filtro entre os dedos espichados.

— Tem cabimento uma coisa dessas, Papai?...

A mulher arrumava a janta em silêncio, escutando.

— Pensa: o senhor na sua idade, uma pessoa de quase sessenta anos, brincando com uma meninada de nove, dez anos... Não faz sentido.

— E depois, também, há os outros — entrou a mulher: — eles podem falar.

— Falar do quê? — ele perguntou.

— Falar — disse a mulher.

— Se o senhor ainda...

— Puxa — ele se levantou de repente: — tanta conversa por causa de uma coisa dessas? Eu não vou mais; pronto, está resolvido.

As duas se olharam em silêncio, enquanto ele ia até a porta da cozinha e voltava:

— Esse pessoal tem é titica na cabeça — disse, com a respiração alterada. — Falar... Deixa falar; o que eles têm com a minha vida?

As duas tornaram a se olhar.

— Por que não cuidam da vida deles e deixam a minha em paz? Hem? Por que não cuidam da vida deles?

— A gente está zelando pelo senhor, Pai.

— Zelando? Eu sou, por acaso, algum inválido? Sou? Fique sabendo, menina, fique sabendo que eu tenho muito mais saúde do que vocês todos, incluindo o bostinha desse médico que vem aqui.

— Edmundo... — a mulher pôs a mão na boca.

— Bostinha sim. E ainda vem aqui pegar o meu dinheiro e dizer para vocês que eu não ando regulando bem; pensam que eu não ouço as conversas? Pois fique sabendo ele, e vocês também, que eu regulo muito mais do que vocês todos. Com a minha idade e tudo o que passei, eu estou muito mais vivo do que vocês!

Ele ficou ofegando.

— Zelando... — riu, sarcástico. — Vocês querem é que eu vá morrendo aos poucos. Morrendo cada dia um pouco mais; morrendo lentamente...

— O senhor acha que é isso o que a gente quer, Papai?

— É isso o que vocês estão fazendo comigo. Mas podem ficar tranquilas: eu não vou mais lá, nos meninos. Não é isso o que vocês querem? Então podem ficar tranquilas: eu não vou mais. Vou ficar o dia inteiro aqui, dentro dessa casa.

— Papai, escuta: vamos conversar direitinho.

— Não quero mais conversar — ele disse, e saiu da copa.

O monstro

Sob o sol quente da tarde, acompanhando nos radinhos de pilha, a multidão esperava, diante do velho prédio da polícia. Lá dentro, em algum cômodo, estava "o monstro" — o monstro que, durante vários dias, aterrara a região com seus crimes bárbaros e misteriosos e que, por fim, depois de longas buscas, havia sido capturado. Agora ele estava lá dentro, preso, bem vigiado, cercado de soldados, e em pouco ouviriam a sua voz, saberiam como ele era, como fizera tudo aquilo e por que fizera.

"É um momento de tensa expectativa, meus caros ouvintes", dizia o locutor da rádio, "um momento esperado há dias por todos nós, dias que pareceram séculos; mas finalmente, com o auxílio da Divina Providência e o trabalho desses valorosos homens da polícia, que não pouparam esforços na captura do perigoso facínora, aqui está ele, por trás das grades, e dentro em pouco estaremos face a face com o monstro, o bandido sanguinário e cruel que ceifou várias vidas, levando o luto às famílias e espalhando o pânico por toda a nossa região. É um momento que nos faz fremir de expectativa..."

Dentro do prédio, numa sala, abafada com o calor e a fumaça dos cigarros, homens da imprensa, vindos das principais capitais do país, se misturavam com os soldados, aguardando também a aparição do prisioneiro. Um ventilador antigo, desenterrado aquele dia de algum armário e colocado num canto, se esforçava, inutilmente, para refrescar a sala.

Por fim, depois de tanta espera, a porta se abriu, e, escoltado por dois soldados e um capitão, "o monstro" apareceu, sendo logo cercado pelos jornalistas, locutores de rádio, fotógrafos e câmeras de televisão.

Era um sujeito loiro e miúdo, novo ainda. Estava assustado com aquela súbita multidão ao seu redor.

— Vamos com calma, minha gente — disse o capitão; — vocês vão ter muito tempo para fazer as perguntas e tirar fotografia. Vamos com calma.

O capitão foi avançando pelo espaço que diante dele iam abrindo, até uma cadeira, na qual fez então o preso sentar-se.

— Vamos afastar um pouco aí, senão o rapaz não tem nem jeito de respirar; vamos abrir um pouco aí...

O preso, sentado, de mãos algemadas, olhava assustado para aquelas caras todas ao seu redor e as máquinas.

— As perguntas terão de ser feitas a mim — explicou o capitão, de um modo a não deixar dúvidas sobre a sua autoridade. — Nenhuma pergunta poderá ser feita diretamente ao preso. Está claro? Podem começar.

"O nome dele", começou um repórter.

— Seu nome — o capitão disse, falando para o preso; — qual é o seu nome?

— Meu nome? João.

— João de quê?

O preso olhava assustado ao redor.

— João de quê? — repetiu o capitão.

— João da Silva.

O capitão olhou para a reportagem.

"A idade dele", pediu outro repórter.

— Qual é a sua idade? — perguntou o capitão.

— Não sei — respondeu o preso, falando baixo, mal abrindo a boca.

— Você não sabe quantos anos você tem?

— Anos? Acho que é vinte.

"Acho...", o repórter, rindo, comentou com outro.

— De onde que você é? — perguntou o capitão, atendendo outro repórter. — De que lugar?

— Lugar? — o preso respondeu, fazendo uma cara de quem não entendera.

— Você nasceu onde?

— Nasci no mato.

Houve riso no pessoal.

— Onde que é esse mato?

— Onde? Perto de uma fazenda.

— E essa fazenda, ela é perto de alguma cidade?

— Cidade? É.

— Como que é o nome dela?

— Nome? Esqueci.

— Esqueceu? Você não lembra o nome da cidade?

O capitão voltou-se para o repórter:

— Ele disse que não lembra o nome.

"Pergunte sobre os pais dele."

— Seus pais — disse o capitão; falava alto, como se o preso fosse surdo. — Você tem pai e mãe?

— Mãe morreu.

— E seu pai?

— Pai? Não sei.

— Você não sabe onde que ele está?

— Não.

— Ele está vivo?

— Vivo? Acho que está.

O capitão olhou para o repórter.

— Vamos afastar um pouco aí, gente — ele disse; — desse jeito, o preso não pode nem respirar...

Outra pergunta, de outro repórter. O capitão escutou atentamente e voltou-se de novo para o preso:

— Quantas pessoas você matou?
— Pessoas? Acho que é sete.
— Acha? Você não sabe quantas ao certo?

Os olhos do preso moviam-se assustados.

— Acho que é sete — tornou a dizer.

O capitão voltou-se para a reportagem.

"Por quê", um repórter pediu, por que ele matara as pessoas; e "de que modo".

— Por que você matou essas pessoas?
— Por quê? Não sei.
— Você não gostava delas?
— Eu?
— Por que você matou as pessoas? Foi para roubar? Você roubou alguma coisa delas?
— Roubei.
— Dinheiro?
— Dinheiro não.
— O que você roubou?

O preso olhou ao redor.

— O que você roubou?
— Comida.
— Você tinha fome?
— Tinha.
— Que tipo de comida você roubou?

— Tipo?

— Você roubou açúcar, não roubou?

"De quase todas as vítimas ele roubou açúcar", um repórter explicou para outro, que estranhara a pergunta.

— Por que você roubou açúcar? Fale alto, todo mundo aqui quer ouvir.

— Para comer.

— Você gosta muito de açúcar?

— Gosto.

O capitão voltou-se para os jornalistas, o rosto com um incontido sorriso, que ele disfarçou passando os dedos pelo bigode.

O capitão tinha feito cuidadosamente o bigode àquela manhã, depois de um demorado banho: seria fotografado e televisionado, seu rosto apareceria em jornais de todo o país e no vídeo de milhares de televisões. Era um dia excepcional, e ele precisava ir bonito.

"Como que ele matou as pessoas", o repórter o lembrou, retomando a pergunta de antes.

— Como que você matou essas pessoas?

— Como?

— Como que você fez para elas morrerem?

— Tiro. Se não morria, aí dava paulada.

Houve um certo suspense na reportagem.

"Pergunte se ele achava bom matar", disse outro repórter.

— Você não tinha dó dessas pessoas? — o capitão perguntou.

"Se ele achava bom matar", disse o repórter.

O capitão olhou-o friamente, e voltou-se para o preso:

— Você tinha dó?

— Acho que tinha — disse o preso.

O capitão olhou para a reportagem:

— Mais perguntas?

"Pergunte se ele tem medo da polícia", quis saber outro repórter.

— Você tem medo da polícia?

— Tenho.

"E de Deus", continuou o repórter.

— E de Deus?

— Deus?

— Você acredita nele?

— Acredito.

— E medo dele, você tem?

— Tenho.

Outro repórter: "Se ele fez alguma coisa com as mulheres."

— Você fez alguma coisa com as mulheres?

— Como?

— As mulheres que você matou: você fez alguma coisa com elas?

— Fiz — disse o preso, os olhos mexendo-se rápidos.

— O que você fez?

Respondeu quase sem mexer a boca, os repórteres chegaram mais perto para ouvir.

— Fale alto — disse o capitão; — não precisa ter medo, todo mundo aqui é seu amigo.

— Fiz arte — disse o preso.

No rosto do capitão, dessa vez, o sorriso foi mais forte que sua intenção de manter uma aparência impassível.

Os jornalistas riam, houve um relaxamento geral em que todos, ali dentro, sentiram-se bem e amigos.

— Mais alguma pergunta? — o capitão disse, depois daquela pausa. — Ou podemos encerrar? O preso já deve estar cansado...

"Pergunte se ele quer dizer alguma coisa a nós", disse um repórter, com ares mais humanitários e, pelo jeito, convicto de que sua pergunta fora a melhor ali.

— Você quer dizer alguma coisa para eles? — perguntou o capitão.

O preso correu rápido os olhos pelos rostos ao redor.

— Você quer dizer? — repetiu o capitão.

O preso moveu a cabeça em direção a ele. O capitão se inclinou para ouvir. Então, tornando a erguer-se, o capitão olhou para os jornalistas: tinha uma expressão contrafeita, como se não houvesse jeito de comunicar aquilo.

— Ele disse que quer um retrato — contou, e o riso apareceu no rosto de todos.

"Um retrato, meus caros ouvintes, é isso o que ele tem para nos dizer. Quando em alguns lares enlutados as lágrimas não pararam ainda de rolar, esse homem, com a mesma frieza com que cometeu os seus bárbaros crimes, vem agora pedir, a nós que o interrogamos, um retrato... Seria isso a demonstração de um cinismo monstruoso, ou seria, como querem alguns, a prova de que o celerado não passa de um débil mental, incapaz de responder pelos seus atos? Aqui fica a pergunta, que deixamos aos senhores no encerramento de mais esta reportagem de sua rádio preferida..."

A multidão ia se dispersando, comentando sobre o que tinha ouvido.

Do prédio saíam os jornalistas.

— Decepção — dizia um repórter a outro; — vim aqui esperando encontrar um monstro, e encontro esse pobre-diabo.

— Eu também — disse o outro; — esperava coisa bem melhor. Mas, pelo menos, houve uns lances bons.

— Isso houve.

— E pode dar uma boa matéria, você não acha?

— Claro.

A feijoada

O homem entrou e ficou parado, olhando: nem uma mesa vazia, o restaurante completamente cheio. Sentiu-se chateado.

Sabia que todo sábado era assim e procurava chegar mais cedo. Mas aquele dia houvera um contratempo, e ele se atrasara. Ia ficar sem a sua feijoada só por causa disso? Não era justo, não podia ficar.

Um garçom veio:

— Bom dia, Doutor.

— Como é?... — ele disse, expressando nessas palavras tudo o que sentia.

— A casa hoje está um pouco cheia — o garçom disse, com evidente eufemismo. — Mas, se o senhor não se importar de esperar um pouco, deve haver logo uma mesa vagando ali...

— Ficar sem a minha feijoada é que não posso — ele respondeu, categórico.

Ficou então esperando, próximo à porta, o corpo meio empinado para trás, a barriga saliente. Abriu o paletó: a gravata, colorida, sobre a camisa muito branca.

A mão esquerda segurando o cinto e a direita com um cigarro, ele olhava para a rua: já era meio-dia, e o sol estava intenso. Havia uma luminosidade quase excessiva nas coisas. Era pleno mês de dezembro. Já fazia vários dias que não chovia e, segundo a meteorologia, ainda ia demorar a chover.

Tornou a olhar para dentro, ansioso e impaciente, e então se alegrou: pessoas se levantavam numa mesa lá do fundo.

Logo veio o garçom:

— Já tem uma mesa.

— Ótimo.

O homem foi seguindo o garçom e, no percurso até a mesa, inclinou algumas vezes a cabeça, de modo formal e algo solene, cumprimentando as pessoas.

Sentou-se, enfim: território apossado — e suspirou contente, estirando as pernas.

— Que tal está a de hoje, Fernando?... — perguntou, com familiaridade, ao garçom, que acabava de limpar a mesa.

— Está muito boa, Doutor.

— Está mesmo? — perguntou, mais por um hábito de perguntar do que por dúvida.

O garçom pendurou o pano no braço dobrado:

— O senhor vai começar com o quê? A de sempre?

— É; mas me traz da boa, hem?
— O senhor é da casa, Doutor.
O homem agradeceu com um sorriso.
— E já traz a cervejinha também?
— Também.
— Casco escuro.
— Claro.
— Claro?
— Estou dizendo que claro que é casco escuro.
— Ah — o garçom riu; — achei que era para trazer casco claro.
— Não — ele disse.
— Eu estranhei — disse o garçom; — o senhor sempre pede para trazer casco escuro.
— Pois é — disse ele.
O garçom então se foi.
O homem descansou os braços sobre a mesa, encostou-se confortavelmente à cadeira e olhou para todo o salão: sentia-se feliz, verdadeiramente feliz, e mais ainda se sentiu ao ver algumas pessoas recém-chegadas esperando lá na porta, como ele minutos antes esperara. Agora estava ali, tranquilo, sentado no meio daquele barulho de conversas e risadas, esperando sua deliciosa feijoada, aquela feijoada que ele vinha, religiosamente, todos os sábados comer. Não havia nada melhor.
Lá vinham as bebidas.

O garçom pôs o cálice de pinga na mesa; a cerveja; o couvert. Abriu a garrafa de cerveja, guardando em seguida a tampinha no bolso do avental branco. Encheu o copo: a cerveja espumou.

O homem provou a pinga.

— Que tal? — perguntou o garçom.

— Divina.

— É a melhor que nós temos aí, no momento.

— Excelente; de primeira.

— Mais um minutinho só, e vem a feijoada — disse o garçom, tornando a ir-se.

O homem comeu uma azeitona preta. Depois, uma lasquinha de rabanete. Passou manteiga num pedaço de pão e o comeu. Tomou então um bom gole de cerveja: "Eh...", gemeu de prazer.

Mais um pouco se passou, e então viu o garçom, lacaio real, transportando por entre as mesas a bandeja com a preciosa feijoada.

O garçom se inclinou e pôs a bandeja no canto da mesa, começando então a esvaziá-la.

A feijoada fumegava, cheirosa, na tigela de cerâmica; o homem ficou com a boca cheia d'água.

— Ai, que perfume... — ele disse, torcendo as mãos.

— Mais uma cachacinha? — o garçom perguntou, reparando no cálice vazio.

— Pode trazer, pode trazer mais uma cachacinha.

O garçom se foi.

O homem não avançou; conteve-se, um instante ainda, para conferir as coisas. "Vejamos", disse para si mesmo, como se estivesse lá no escritório, conferindo uma fatura: "arroz, couve, farinha, molho..." Tudo ali.

Mergulhou então a colher na tigela, deu umas mexidas e serviu-se, com muita educação. Depois, um pouco de cada outra coisa, em proporções iguais. Tomou um gole de cerveja, olhando vagamente ao redor. Pegou o garfo, ajeitou a comida e levou-a à boca: "Hum... Que delícia..."

Outra garfada. Mais um gole da cerveja: "Ah..." Um pezinho: seus dentes e língua limparam-no rápido, ficando só o osso, roliço; soltou-o no prato, um batido na louça. Molho ardido: pimenta malagueta, duas — por isso. A cervejinha apagando o incêndio, esfriando a garganta abaixo — que bom. Um arroto vinha subindo: "Oah..." Sentiu-se aliviado; agora comeria outro tanto. Foi enchendo de novo o prato.

Chegou o outro aperitivo:

— Demorou um pouco — se desculpou o garçom.

— Não tem problema: chegou na hora.

— O senhor quer que dê uma esquentada na feijoada? Ela fica mais gostosa...

O homem concordou; o garçom pôs a tigela na bandeja.

— Mais uma cerveja?...

O homem olhou a garrafa: quase vazia.

— Pode vir.

O garçom se foi.

O homem tomou um gole da pinga. Excelente... Sentia calor: tirou o paletó e pendurou-o atrás, na cadeira. Namorou o prato, pôs mais uma colherada de molho, e atacou. Assim prosseguiu, num ritmo contínuo, só interrompendo para tomar novos goles da pinga.

Ao acabar, limpou, com o resto da cerveja, o gosto da boca. Encostou-se então à cadeira e respirou fundo: sentia-se cheio, quase empanzinado. Comera demais. Se desse um arroto, um arrotozinho só... E então sentiu que ele vinha, ia chegando: "Oahhh...", arrotou com vontade.

Depois ainda se ergueu um pouco na cadeira e — "ah..." — acabou de se aliviar. Agora sim, sentia-se outro; sentia-se ótimo. Mas não comeria mais. Ou comeria? Talvez mais um pouquinho; só mais um pouquinho...

Olhou na direção da cozinha, procurando o garçom; teve dificuldade em ver as coisas, sua vista não se firmava. "Será que eu já estou grogue?", perguntou-se, com uma repentina e esquisita vontade de rir. "É, acho que eu estou mesmo grogue", concluiu, e então começou a rir, sacudindo-se todo, como se aquilo fosse a coisa mais engraçada do mundo.

O garçom, vindo de outro lado, surgiu à sua frente com a bandeja. Ele ainda ria, enxugando os olhos com o lenço, e o garçom, vendo-o assim, riu também.

Pôs na mesa a feijoada e a nova garrafa de cerveja, recolhendo em seguida a garrafa vazia. O homem curvou-se sobre a tigela, como se fosse enfiar a cara ali dentro.

— Ai, meu Deus, esse cheiro...

— Mais uma pinguinha?

— Você quer me matar, Fernando — lamuriou o homem. — Eu vou me queixar à polícia de que você está querendo me matar...

O garçom riu.

— Que se pode fazer? Traz, traz quantas pingas houver.

O homem deu uma gargalhada.

— Eu vou me empanturrar, Fernando; eu vou me empanturrar!...

O garçom se afastou, rindo, conivente com um casal de jovens que, da mesa vizinha, observava o homem e também ria.

— Ai, ai — disse o homem, falando sozinho, — eu estou bêbado, completamente bêbado, não resta a menor dúvida...

Pegou a colher para se servir — mas, em vez de servir-se, largou de repente a colher, ergueu-se meio aos trambolhos e foi em direção ao mictório. Esforçava-se por se equilibrar e não esbarrar nas mesas — os olhos do casal de jovens e de outras pessoas seguindo-o, na expectativa de algum acidente: mas nada houve.

Quando ele voltou, minutos depois, veio num passo mais firme, mas seu rosto tinha uma expressão de torpor e alheamento.

Sentou-se e pôs no prato, de um modo muito pausado, a feijoada e os outros ingredientes. Tomou um gole de cerveja e recomeçou a comer.

Comia devagar, demorando-se, enquanto mastigava, a olhar para a mesa — como se estivesse num lugar muito calmo e silencioso. E quando o garçom chegou com a nova pinga, ele apenas ergueu o rosto para dizer um obrigado, sem nada da efusão de antes.

— Mais alguma coisa? — o garçom perguntou.

— Não — ele disse; — é só.

Lá fora o sol quente entrava pela tarde, a rua já com pouco movimento, as pessoas recolhidas às casas.

Dentro do restaurante as mesas vazias e os garçons se movimentando rápidos no salão, procedendo à limpeza. Só uma mesa ocupada, no fundo: lá dela, o homem parecia acompanhar aquele trabalho, mas com um ar distraído.

Quando o viu virar a garrafa toda, seu garçom foi até ele:

— Mais uma, Doutor?

— Não — ele disse; — essa foi a última.

Estava com uma cara amarrotada. O garçom o observava.

— O senhor está bem?

— Na minha idade é difícil a gente estar bem — ele respondeu. — E... eu comi demais. Eu não devia ter comido tanto assim...

— O senhor toma um Sonrisal.

— Isso não adianta.

— Sonrisal é muito bom — disse o garçom, com sincera ênfase.

— O problema não é o estômago — explicou o homem.

Ergueu os olhos, desalentados, para o garçom:

— O problema é aqui — disse, pondo a mão no peito.

— Coração? — perguntou, meio alarmado, o garçom.

— Alma — disse o homem.

O garçom ficou olhando-o: gostava daquele homem, que era rico e importante, mas o tratava sempre com bondade, e teve pena de ele sentir-se assim. Queria fazer ou dizer algo que o melhorasse, mas não sabia o quê. Não era a primeira vez que acontecia de ele se queixar ao fim de uma feijoada; procurava então dizer-lhe algo que o animasse, e isso às vezes fazia efeito. Mas agora não via o que dizer. A coisa parecia ser mais profunda. O homem estava muito abatido.

— Talvez seja o fígado — tentou ainda; — o senhor toma uma Xantinon-B12, ela faz efeito em pouco tempo. É um ótimo remédio.

O homem mexeu a cabeça, desconsolado:

— Não há remédio para isso, meu filho.

O garçom então se calou, não sabendo mais o que dizer.

O homem olhou para as mesas vazias no salão e o sol quente lá fora — e todo aquele sábado que tinha pela frente, sem nada para fazer.

— Sabe? — disse, erguendo novamente os olhos para o garçom: — Eu me sinto miserável. É assim que eu me sinto: miserável.

As neves de outrora

"Vamos e venhamos", disse minha tia: "que benefícios trouxe para nós essa porcaria da televisão?"

Embora ela seja uma senhora bastante recatada, às vezes se deixa levar pela emoção e solta um pouco a língua. Quem a visse falando assim pensaria em arteriosclerose, e talvez tivesse alguma razão, mas para mim é exatamente isso uma de suas maiores qualidades. Tia Natália quando gosta ou não gosta de alguma coisa, não faz segredo: ela fala mesmo.

Ela sabia que, ao criticar a televisão, estava indo contra a maioria das pessoas e, com isso, correndo o risco não só de ser de certo modo marginalizada — o que, na sua idade, teria consequências penosas —, mas também de ser olhada como obscurantista, saudosista e outros adjetivos parecidos, que, no seu caso, não seriam de modo algum justos. Todos sabem que Tia Natália foi sempre uma grande defensora do progresso, bastando lembrar que, na cidade, foi ela a primeira mulher a possuir e a dirigir automóvel — o que, aliás, segundo contam, era causa de profundo escândalo. Além disso, foi por meio de sua influência que nossa cidade viu pela primeira vez um avião. E, assim, outras coisas.

Acontece, apenas, que na televisão ela não via nenhum benefício. É evidente que ela exagerava, e até eu, que só ligo televisão para ver futebol — e, portanto, não me sinta muito inclinado a defender esse meio de comunicação —, respondi, àquela hora, que também não era assim, que havia alguns benefícios.

"Que benefícios?", ela perguntou.

A resposta que estava em minha boca era: "Futebol, por exemplo." Mas pensei que, ao invés de contrariar o seu ponto de vista, essa resposta iria certamente favorecê-lo. Gosto muito de futebol e acho-o mesmo da maior importância, mas se uma pessoa que detesta televisão — ainda mais uma senhora de certa idade — vem e me pergunta que benefícios a televisão trouxe para a cidade, e eu falo em futebol, vamos e venhamos, como diz minha tia, não é lá uma resposta muito convincente.

Por isso, preferi enrolar qualquer coisa e tornar a dizer que havia, sim, alguns benefícios, e aí teci algumas considerações sobre o tema "o progresso é uma faca de dois gumes", lembrando inclusive que Tio Alarico, seu marido, morrera num desastre de automóvel. Tal alusão poderia parecer, a quem não conhece minha tia, um ato de indelicadeza; mas não era, o fato já esfriara, já passara à história da família, e a própria Tia Natália, quando a ele se refere, o faz sem emoção — pelo menos emoção visível.

E, depois, vamos ser justos: se falei em coisas que admiro na minha tia, vou agora falar numa coisa que eu não admiro. Tia Natália ouve muito mal as pessoas. Não por surdez, mas por um defeito de personalidade, que o tempo foi cada vez mais agravando. Ela só ouve ela mesma, e o diálogo com ela raramente chega a existir. Daí que as minhas considerações sobre o progresso caíram no vácuo de sua inatenção.

Inatenção não é bem a palavra, pois o curioso é o seguinte: enquanto a gente fala, Tia Natália fica em silêncio, e quem não a conhece julga que ela está ouvindo tudo, cada palavra. De repente, na primeira brecha — ou antes de qualquer brecha, cortando a fala do outro —, ela entra com uma frase que nada mais é que a sequência ou a repetição do que ela já dissera, e aí a pessoa descobre que em todos aqueles minutos ela estivera inteiramente alheia, sem ouvir nada.

Tia Natália é assim. Isso é um defeito que me irrita bastante. Desde rapazinho eu notava isso nela e, às vezes, para me divertir e de certo modo me vingar, no meio da conversa eu dizia uma frase que não tinha nada a ver com o assunto, como: "Era uma vez um gato pedrês, que caiu num buraco e virou três." Ou: "Glub stok duk lak?"

Isso provocava, no máximo, um "como?" ou "hem?" Ao que eu respondia: "Nada não." E o monólogo prosseguia. Confesso, meio envergonhado, que é uma coisa que mesmo hoje, aos trinta anos, e com todo o respeito que eu tenho por minha velha tia, e todo o carinho, de vez em quando ainda torno a fazer. É por causa da irritação de que falei.

Se não há, como eu disse, possibilidade de um verdadeiro diálogo, por outro lado, inteligente e observadora como é minha tia, a gente sempre ganha muito em ouvi-la, mesmo na sua idade. Aliás, seu espírito parece não dar a menor bola para o corpo; se este está cada vez mais sumido, aquele parece estar cada vez mais vivo, cada vez mais irrequieto.

Assim é que, naquela visita que lhe fiz — eu estivera alguns anos fora e voltara à minha cidade para passar uns dias —, dela ouvi muita coisa interessante. Conversamos principalmente sobre as transformações ocorridas na cidade, e como a televisão era, com certeza, a mais profunda, foi da televisão que nós mais falamos.

O assunto começou quando contei a Tia Natália uma experiência que eu tivera aqueles dias. Era meu costume, quando chegava à cidade, dar uma voltinha pela rua; encontrava, então, conhecidos dando também a sua volta ou parados à porta de casa, "tomando a fresca" — expressão que, sem dúvida, daqui a alguns anos ninguém mais usará, se é que ainda a usam. Mas, daquela vez, tinha sido diferente: depois de andar um pouco, comecei a perceber que eu era a única pessoa a caminhar por aquelas ruas, a que a recente iluminação de acrílico dava um ar de solidão e irrealidade. Essa observação foi logo seguida de outra: que as pessoas estavam todas em casa — vendo televisão. Depois que percebi isso, estendi minha caminhada a outras ruas — todas praticamente desertas — e ia olhando os interiores das casas. Era, em todas, a mesma coisa: eu mal batia o olho, via o reflexo da televisão. Voltei para casa impressionado.

Mais impressionado ainda fiquei no dia seguinte, quando, ao comentar com um amigo a minha caminhada, ele me olhou muito sério e disse: "Tome cuidado, hem? Está perigoso andar de noite na rua." Eu respondi que era cedo e, por isso, não havia perigo. Ele: "Você está por fora: esses dias mataram um sujeito ali, na praça, e não eram nem nove horas ainda; e só foram descobrir bem mais tarde."

Puxa, pensei, eu sabia que aquelas coisas existiam em cidades como Nova York, Londres, Tóquio; mas ali, na minha cidade, naquela mesma praça onde eu, menino, ficava correndo com os outros meninos por entre as árvores e os bancos com namorados, naquelas mesmas ruas que eu percorria interminavelmente nos meus tormentos e exaltações da adolescência?

"É", eu disse para meu amigo, "acabou tudo..."

"Tudo o quê?", ele perguntou, não percebendo de que eu falava.

Mas minha tia percebeu, porque ela também estava vendo e sentindo as mesmas coisas.

E ficamos os dois a lamentar.

"As pessoas já não fazem mais visitas", disse ela.

"Já não há mais gente nas ruas e nas praças", eu disse.

"Onde estão aquelas rodas de família e aquelas longas conversas de antigamente?"

"*Où sont les neiges d'antan?*"

"Como?"

"As neves de outrora."

"Aquelas conversas em que a gente ficava até tarde e comia biscoito com café..."

"Aqueles biscoitos de grude", eu disse, "aqueles grandões, que a gente quebrava e comia fazendo barulho; leite com açúcar queimado; deitar na grama da calçada, os bichinhos batendo na luz do poste e a gente conversando sobre doidos e assombrações; o cheiro das magnólias no jardim, o céu com tantas estrelas e a Lua, a Lua..."

Pai e filho

— Eu ainda estou muito chocado — ele disse. — Você compreende: um filho... E, depois, nessas circunstâncias. Foi muito duro...

— E a Diná?

— Para ela também; foi muito duro para nós todos. Foi muito cruel. Depois, com o tempo, parece que a gente vai se acostumando. Não é bem se acostumando: não tem jeito de se acostumar com uma coisa dessas; é que a gente vai ficando mais forte. Mesmo assim, ainda estou muito chocado.

Ele ficou um instante olhando para o chão. Depois olhou para mim, com uma expressão amável:

— Você toma uma cerveja, Rubens?

— Obrigado, Geraldo — eu disse. — Não precisa se incomodar.

— Não é incômodo, é um prazer. Você toma?

— Bom, se tiver...

— Um momentinho só — ele disse.

Levantou-se e foi pelo pequeno corredor.

Eu fiquei olhando a sala. Era uma sala como qualquer outra de uma pessoa de classe média.

Lá estava, inclusive, sobre a televisão, a infalível jarra com flores de plástico, as flores já encardidas e perdendo a cor.

Ouvi o barulho da porta da geladeira batendo. Depois o barulho de copos. Depois o de Geraldo abrindo a garrafa, a tampinha caindo no ladrilho.

Ele então veio. Pôs o copo na mesinha, à minha frente, e encheu-o.

— Você não vai tomar? — perguntei.

— Não faz muito tempo que eu jantei — ele disse. — Estou com o estômago cheio; não gosto de beber assim.

Ficou um instante como que a se lembrar de algo.

— Espere mais um minutinho — disse, e voltou à cozinha.

Geraldo era gordo e andava lento; devia pesar uns noventa quilos. No tempo do ginásio ele já era gordo, e tinha o apelido de Geraldão.

Passado um pouco, ele veio, trazendo um pratinho: azeitonas pretas.

— Não precisava se incomodar, Geraldo...

— Não é incômodo, Rubens...

Tomei um gole da cerveja, depois espetei uma azeitona.

Geraldo, no sofá, olhava de novo para o chão.

Deduzi logo em que ele pensava. Parecia que ele não conseguia pensar em outra coisa que não fosse aquilo. Eu tinha decidido a não tocar no assunto, mas logo vi que aquela era a única coisa de que ele poderia falar.

E foi ele mesmo que recomeçou:

— O pior, sabe, é que eu não consigo entender; não consigo entender como isso veio a acontecer. Ele era um menino tão bom, Rubens, tão direitinho... Como que ele foi se meter nisso?

— Uma pessoa nessa idade, Geraldo, uma pessoa com dezoito anos, uma pessoa nessa idade tem muitos problemas — eu disse, tentando consolá-lo. — Você sabe disso mais do que eu. Às vezes há coisas que a gente ignora. Quero dizer: coisas que não têm relação direta com a gente, com os pais.

— Mas que coisas, Rubens? O que faltava para ele? Tudo o que nós podíamos dar a ele nós demos. É verdade que às vezes uma coisa ou outra a gente não pôde dar, porque também não somos ricos. Mas isso eu posso dizer: o que estava ao nosso alcance, nós demos. E não falo só de coisas, mas também de afeição; sempre fomos carinhosos com ele, compreensivos. Alguma falha a gente pode ter tido, mas qual o pai que não teve? Que pai pode dizer que deu ao filho uma educação perfeita?

— É verdade — eu disse.

— E depois... Não era difícil, sabe? Ele nunca nos deu grandes problemas; ele sempre foi um menino obediente, amável... Dos filhos, era ele o que conosco mais carinho tinha. Pelo menos até quando ele começou a se modificar.

— E quando você notou isso nele? Essa modificação...

— Quando? Bom, não sei dizer bem quando. Sei que eu comecei a observá-lo e a notar nele certas atitudes; umas atitudes diferentes, um modo ríspido de tratar a gente... Pensei que isso devia ser coisa passageira, uma fase... Mas depois fui percebendo que não era, que era algo mais profundo, mais sério...

— Ele não conversava com você?

— Conversava, mas não sobre isso; conversava sobre coisas à toa, coisas sem maior importância. Mas mesmo sobre essas coisas a gente conversava cada vez menos. Era esquisito: era como se a gente estivesse tornando-se estranho um para o outro, como se a gente não fosse pai e filho. Às vezes fico pensando; fico pensando se eu não devia ter sido mais enérgico e pedido a ele que se abrisse comigo. Talvez eu não tenha tido suficiente autoridade; não é isso o que todo mundo diz hoje dos pais?

Ele olhou para mim, com um misto de ironia e amargura.

— Algum tempo atrás, sabe, antes do que aconteceu, eu li um artigo de um psiquiatra sobre os pais e a juventude hoje. O artigo era meio complicado, mas alguma coisa deu para eu entender. Minha conclusão sabe qual foi? Que eu era um monstro. Se aquilo tudo era mesmo verdade e eu tinha entendido direito, então eu era um monstro. Cheguei em casa deprimido. Fui ao espelho e fiquei olhando a figura daquele homem gordo e careca, com cara de boi sonso. Pensei: imagine só, esse sujeito aí, um monstro...

— Se a gente fosse levar a sério tudo o que esse pessoal diz, a gente estava perdido — eu comentei.

— Eu, um pobre-diabo que passou a vida dando duro para educar quatro filhos e dar a eles um pouco de felicidade, descobria de repente que eu era um monstro, que eu tinha feito, sem saber, uma porção de coisas erradas; tinha, às vezes, "de modo irremediável", como dizia lá o artigo, desgraçado a vida de meus filhos. E tudo sem eu saber; isso é que era o mais chato...

Abanou a cabeça:

— Quem sabe? Quem sabe esse psiquiatra não tem, em parte, razão? Quantas vezes a gente não faz o mal pensando que está fazendo o bem? Até que ponto a gente tem consciência das coisas que faz?

— E com a Diná? — eu perguntei. — Ele também não conversava?

— Com a Diná? Sabe, a Diná é boa mãe, mas ela foi sempre muito seca com os meninos; e quem sabe isso também não terá influído?... Já pensei nisso também, a gente pensa em tudo nessas ocasiões. Falta de carinho da mãe, falta de autoridade do pai... Mas, eu me pergunto, seria mesmo falta de autoridade? O que acontece é que eu sempre procurei respeitar a liberdade de meus filhos. Você mesmo sabe disso.

— Sei.

— E se nem sempre o consegui, pelo menos me esforcei por conseguir. Assim, eu procurava respeitar os silêncios dele. Pode ser também que... Sabe, ele andava com umas respostas tão rudes, que às vezes eu tinha medo de falar com ele... Não sei... Acontece que ele raramente parava em casa, e a gente não se encontrava. Ele parecia mais uma visita do que uma pessoa que morava aqui. Foi nessa ocasião que ele me disse que tinha arranjado uma representação de livros e que passaria a viajar pelo interior. Nós ficamos muito alegres; saber que ele ia trabalhar já dava à gente uma certa tranquilidade. Pensei: isso vai ter ótimas consequências para ele. Eu nunca, nem de longe, duvidei de nada; toda vez que ele chegava de uma viagem e contava como tinha sido o trabalho, eu acreditava, acreditava em tudo. E, depois, também, é assim: um sujeito que trabalha o dia inteiro não tem muito tempo para ficar desconfiando das coisas. Eu só comecei mesmo a desconfiar uma vez que ele chegou de uma viagem e estava muito magro, com um aspecto preocupado. Ele passou quase uma semana em casa. Ficava a maior parte do tempo fechado no quarto, só saía à rua para comprar cigarro. A Diná disse que o cinzeiro dele, no fim do dia, estava abarrotado. A gente via que tinha qualquer coisa de errado com ele; a gente via. Mas não deu nem tempo de descobrir...

Ele fez uma pausa, e então olhou para a garrafa de cerveja; pegou-a para pôr mais em meu copo.

— Não precisa, Geraldo; está bom.

— Isso é para você mesmo — ele disse, e encheu o copo, acabando de esvaziar a garrafa. — Vou buscar mais umas azeitonas...

— Não, não — eu o brequei; — só essas. Está ótimo.

Ele sorriu e ficou de novo olhando para o chão.

— Foi nessa ocasião que nós o vimos pela última vez — disse, continuando. — Foi um domingo, véspera do meu aniversário. De manhã chegou um telegrama para ele, e pouco depois ele disse que tinha de viajar à tarde. Achei esquisito ele ter de viajar assim, tão de repente; mas ele disse que era uma coisa urgente, que tinha acontecido um problema na firma. Disse também que não precisávamos nos preocupar, não era nada sério. Perguntei se ele não podia esperar até o dia seguinte. O que eu queria mesmo perguntar é se ele não podia passar o meu aniversário em casa... Mas eu não disse isso; talvez eu tivesse medo de ver que ele nem estava lembrando do aniversário... É uma coisa boba, sem importância, mas aniversário aqui a gente sempre passa junto, come uma comidinha diferente, toma um vinho... Sabe como é: tradição de família... Ele disse que não podia, que tinha mesmo de viajar. Nós almoçamos quase em silêncio esse dia; parecia que... Não sei se você acredita em pressentimento...

Fiz um gesto vago. Ele tornou a olhar para o chão; falava sempre olhando para o chão.

— Parecia que a gente estava sabendo que era a última vez... Depois, acabamos de almoçar, ele pegou a mala e se despediu de nós. Quando ele já estava no portão, voltou, veio até mim e disse: "Amanhã é aniversário do senhor..." E me deu um abraço...

Geraldo passou a mão nos olhos.

— É muito duro... muito cruel... A gente faz força para aguentar, mas... É um filho, você compreende...

Ele tirou um lenço do bolso de trás da calça e enxugou os olhos; depois deu uma assoada forte.

— Eu vou trazer umas azeitonas, Rubens — disse, naquela voz entrecortada, o que chegou a ficar meio cômico.

— Não, Geraldo, eu já parei; obrigado. Estava ótimo.

— E mais uma cerveja?

— Não, obrigado.

Ele passou a mão nos olhos, já secos.

— É duro; às vezes a gente acha que já não sente mais tanto, que já se acostumou, mas vem um amigo e...

— Eu não devia ter tocado no assunto — eu disse.

— Não — ele protestou, — não é isso; é a gente mesmo que... Parece que é uma necessidade de contar... Isso alivia um pouco...

Peguei o maço de cigarros e ofereci a ele.

— Obrigado — ele recusou; — estou vendo se vou parando aos poucos. O médico aconselhou.

— Só um... — eu disse.

— Bom: um de vez em quando...

Ele pegou: eu acendi os dois. Ele deu uma tragada funda e foi soltando a fumaça devagar. Notei que foi bom para ele: ele se relaxou um pouco, e tinha sido essa a minha intenção.

Eu pensei que ele já houvesse terminado, mas aquela necessidade de contar, de contar tudo até o fim, era mais forte do que ele. Parecia uma coisa que fora ligada dentro dele e que só poderia parar a hora que a história terminasse.

— Foi seis dias depois que aconteceu — ele disse, dessa vez olhando na direção da janela, para o escuro do pequeno jardim lá fora.

Eu também olhei para lá.

— Quer dizer, seis dias depois que eu fiquei sabendo, pois o fato mesmo foi no dia anterior — ele esclareceu, já controlado, com aquela calma que vem depois de um momento de emoção e lágrimas. — Eu tinha saído de manhã para o serviço. No ponto final do lotação tem uma banca onde eu sempre compro jornal. Eu comprei e fui folheando. E então lá, na última página, estava a fotografia: "Terrorista morto pela polícia".

Ele fez uma pausa e olhou para mim:

— Ele estava furado de balas, Rubens. Havia buraco de bala por todo o corpo: no peito, na barriga, nas pernas, no rosto. Deram tiro nele em toda parte.

Fez outra pausa, fumou e, olhando agora para o ar, continuou:

— Não foi fácil trazer o corpo para aqui: houve uma série de problemas com a polícia. Quando conseguimos, já era de tarde; ele teve de ser enterrado quase que imediatamente. O corpo já estava cheirando mal. Ele não ficou nem uma hora aqui. A decomposição estava sendo muito rápida.

Ficamos um momento em silêncio.

Ele apagou o cigarro no cinzeiro.

— Este é o primeiro cigarro que eu fumo em uma semana — me disse, sorrindo.

— Por culpa minha — eu disse.

— Não, não tem importância: de vez em quando eu fumo um; tenho até um maço aí, comigo. O médico pediu apenas que eu diminuísse. Precaução; você sabe, um cara gordo como eu... Se a gente não toma cuidado... Não quero morrer cedo, não...

Meus anjos

Embora ela não dissesse a idade, sabiam, na escola, que Dona Carmem devia ter passado dos trinta anos. Ela não se casara, nem sabiam de namorados recentes em sua vida. Muitos se admiravam disso, pois não só ela não era feia, como também tinha excelentes qualidades: era inteligente, educada, e no trabalho sobressaía das companheiras por sua dedicação e seu entusiasmo. Além disso, pertencia ela a uma tradicional e rica família da cidade, uma família muito estimada.

E, como se não bastassem todas essas coisas, tinha ainda Dona Carmem uma bela voz, que era ouvida aos domingos pelos que frequentavam a missa das dez na igreja matriz. Ao cantar, ela queria não apenas exibir o seu dom, mas, principalmente, com a sua fé, homenagear Aquele de quem o recebera. Tanto ela quanto sua família eram muito católicos — um dos irmãos estava às vésperas de se ordenar padre, fato que levava algumas pessoas a lhe dizerem que ela também acabaria entrando para o convento.

Ela sorria, dizendo que não, e, a uma insistência, limitava-se a repetir que não, nunca pensara em ser freira. Dona Carmem não era muito prosa, embora também não chegasse a ser calada. Amigas de havia mais tempo, no entanto, descreviam-na como mais alegre e expansiva quando mais jovem, e algumas falavam num namoro infeliz, que teria deixado marcas, marcas que a teriam transformado numa pessoa diferente da que ela fora.

Mas se esse era o seu retrato nas relações com as pessoas do convívio diário, dentro da sala de aula, com as crianças, o retrato mudava: ela era mais comunicativa, sorria com mais facilidade, era uma pessoa bem mais à vontade. E ela sabia disso. Não apenas sabia: ela fazia questão de dizer para os outros. Dizia que, estando ali, com as crianças, sentia-se inteiramente feliz. Ela amava seus alunos — como se fossem seus filhos. Mas era outra a expressão que usava: "meus anjos".

Anjos que tinham, entre eles, alguns "diabinhos" — a quem ela não menos amava. Qualquer professor tem seus momentos de cansaço, aborrecimento, enfado, quando nada é melhor que um feriado ou uma dispensa mais cedo das aulas. Ela não: parecia achar ruim quando isso acontecia. "Você ainda está no começo", explicava, com bom humor, a Diretora, que já tinha uma longa experiência do assunto. "Deixa passar mais tempo; seu dia de saturação também vai chegar. Para uns ele chega mais cedo, para outros mais tarde; mas para todos ele chega. É uma coisa normal."

Dona Carmem sorria. A Diretora sabia do que falava; mas de uma coisa ela não sabia, nem suas colegas: o que a sustentava em sua dedicação. Não era apenas o empenho em bem cumprir o dever; era algo muito mais profundo e que ela nunca dissera a ninguém: era a sua identificação com o mundo das crianças, o único mundo onde ainda podia encontrar inocência e pureza. Aqueles rostos de olhar transparente, aquelas bocas de riso limpo, as conversas e os gestos sem malícia — eles eram o que havia de melhor sobre a Terra, eram o que salvava, o único refúgio para uma alma como a sua. Ninguém sabia disso. Não contara nem contaria isso jamais a alguém. Aquilo era como que a essência de sua alma.

A escola era um prédio velho, onde ela própria, quando criança, estudara. De tempos em tempos davam-lhe uma reforma e havia muito que falavam em o demolir para a construção de um novo prédio, que atendesse melhor às necessidades do ensino — a cidade crescera muito naqueles anos, e continuava a crescer.

Com seu prédio, suas diversas áreas e pátios, que se dividiam numa simetria caprichosa e sem muita lógica, a escola ocupava quase um terço do quarteirão. De seu estilo, antigo, diziam os mais entendidos que se tratava de uma imitação do gótico. E, como que para confirmar, de um modo oblíquo, essa opinião, contavam-se misteriosos casos acontecidos na escola, casos que iam passando de uma geração a outra: casos de doidos, criminosos, tarados... Uma versão mais recente dava como certo ser ela, à noite, ponto de encontros amorosos de "anormais".

Para quem ouvira falar em tudo isso e contemplava pela primeira vez o prédio, não era difícil acreditar; mas, para os professores e alunos que o frequentavam diariamente, a escola era apenas um prédio antigo, como qualquer outro, sem nada de especial.

As salas se ordenavam pela série. A do 4º ano — no turno da tarde, a sala de Dona Carmem — era a última do corredor. Depois dela havia o pátio e as outras áreas. As aulas começavam à uma hora e terminavam às quatro. Às sete, o portão era fechado a cadeado pela porteira, Dodora, uma mulher gorda e rude, de expressão carrancuda e enigmática. Nesse período — de quatro às sete — a escola se esvaziava.

Os meninos tinham permissão para continuar pelos pátios até as seis, hora em que Dodora tocava um apito. Uma hora restava ainda para as professoras que, por acaso, tivessem permanecido para concluir ou adiantar algum trabalho, o que raramente acontecia: antes que tocasse o apito para os alunos, já havia muito que as professoras tinham desaparecido. Nisso também Dona Carmem era uma exceção, pois gostava daquele silêncio e daquela tranquilidade e aproveitava-os sempre que podia.

Foi num desses fins de tarde que, concentrada na correção de um dever, julgou ouvir vozes de crianças. Ergueu a cabeça e, na penumbra da sala, ficou atenta. Depois de alguns minutos, como não ouvisse mais nada, julgou ser uma ilusão: aquela hora não havia mais aluno na escola, já tinham todos ido embora.

Mas, de repente, ouviu de novo: pedaços de vozes abafados. Foi até a porta, que havia encostado, abriu-a e olhou para o corredor e o pátio: não viu viva alma. E então teve uma súbita consciência de que as vozes tinham vindo do outro lado, da área abandonada, onde, num canto, se empilhava o lixo.

Foi até uma janela e, suspeitando já de algo estranho, abriu-a devagar, apenas uma fresta. Olhou o terreno vazio, cercado pelo muro, com folhas de caderno na grama rala e já escura. Nada viu de diferente. Mas então ouviu de novo uma voz e, dessa vez, com um timbre que a fez entender num segundo o que se passava. Virando a cabeça para o outro lado, ela viu um menino e uma menina, seus alunos, quase sob a janela, no monte de folhas secas: nus, ela de bruços e ele sobre ela, os dois mexendo-se e ofegando, as pernas se agitando descontroladas, as mãos agarrando.

Depois os dois se vestindo, caminhando com cuidado até o muro, ele subindo e espreitando a rua, ajudando-a a subir, eles desaparecendo. No escuro ficou o monte de folhas secas, para o qual, da fresta da janela e como que traumatizada, ela agora olhava fixo.

Tudo nela se confundia e se despedaçava. Era mais do que qualquer coisa que ela já tivesse visto; era algo que ela quase não podia suportar.

Fechou lentamente e quase que mecanicamente a janela e foi andando até a mesa, onde parou de novo — zonza, transtornada, derrubada pelo que acabara de ver. Eram duas crianças e, no entanto, os seus movimentos e gemidos, a febre e a fúria e os estertores finais...

Era terrível. E ela vira tudo, vira mesmo o momento em que o corpo da menina estremecera com a penetração. E ela nada fizera: ficara olhando. Devia ter impedido, mas ficara olhando, vendo cada coisa, vendo tudo. Duas crianças; tinham dez anos... Fora terrível. Sentia-se abalada e sem forças para pensar com clareza. Levou as mãos ao rosto quase em desespero: "Meu Deus, ajudai-me!" Como poderia encarar as duas crianças no dia seguinte? Como poderia ela própria se encarar agora depois daquilo?

Foi andando devagar pelo corredor, em direção à saída. As janelas das salas, fechadas: parecia nelas enxergar qualquer coisa como um sorriso de zombaria. As paredes, os cantos, as sombras — cada coisa insinuando um mesmo segredo, maléfico e triunfante.

E Dodora, onde estava Dodora? Encontrou-a sentada no fundo da cantina: imóvel, silenciosa, impenetrável — como uma grotesca e misteriosa estátua antiga. Não teria visto aqueles meninos? Ou, quem sabe, teria ela própria arranjado aquilo? Diziam que era ela que patrocinava os encontros amorosos à noite. Talvez fizesse algo parecido com as crianças. Que segredos ocultava aquele rosto? Por que a olhava demoradamente? Por que sempre a olhava assim quando ela saía tarde? O que queria dizer aquele olhar?

Na solidão de seu quarto, a cabeça ainda febril, ela não podia dormir. Tinha medo, tinha muito medo; medo das coisas, medo dela própria — de repente tudo se tornara inseguro e ameaçador.

Vencida, enfim, pelo cansaço, dormiu. Mas vieram os sonhos. O que estava acontecendo? Por que os meninos olhavam para ela com aquele olhar estranho? Por que sorriam? Eles estavam fazendo gestos obscenos. Ela estava ao lado do monte de folhas secas, vendo o menino e a menina fazerem sexo, e eles riam para ela. Carregando o menino, nu, nos braços, entrou numa casinha e fechou a porta várias vezes, e a porta não se fechava. Então tirou rápido a roupa e ficou de frente para a parede e segurava o sexo do menino, tentando enfiá-lo nela e não conseguia. Deitou-se de bruços no ladrilho molhado de urina, e o menino estava em cima dela e investia, e não entrava. Nua, em sua cama, deitada de lado, com as pernas encolhidas: Dodora atrás, sentada na beirada, dominando-a com um braço, e, com a mão, em golpes fortes e rápidos, ia enfiando o cabo da vassoura.

Foi o primeiro dia que Dona Carmem falhou. Doença foi sua alegação. E quando, na manhã do outro dia, ela pediu licença de uma semana para uma viagem, a Diretora nem por sombra se opôs: nenhuma professora teria mais autoridade moral do que ela para pedir isso. Mas não deixou de comentar com as outras o que com a própria Dona Carmem já havia comentado: que todo professor tem o seu dia de saturação. O dia dela chegara, fora simplesmente isso o que acontecera. Embora, admitia, esse dia tivesse chegado mais cedo do que esperava.

Não quero nem mais saber

De noite, quando eu voltava do serviço, eu sempre passava num bar para tomar alguma coisa. Geralmente eu tomava uma vitamina. Quando estava com mais fome, pedia também dois ovos cozidos. Às vezes eu variava e, no lugar da vitamina, tomava um iogurte batido. Mas havia noites em que eu não estava com nenhuma fome, e então tomava simplesmente um chope.

Eu ia subindo devagar a Rua Augusta, olhando para dentro dos bares e das casas de lanches. Olhava mais por curiosidade, pois eu já tinha os meus preferidos, que eram os bares grandes e populares que por ali havia. Eram bares sem luxo, frequentados por estudantes, operários, prostitutas, comerciantes, bêbados, marginais. O de que eu mais gostava naquele trecho era um que ficava na esquina e tinha portas para as duas ruas.

Dois rapazes tomavam conta. Eram ambos simpáticos. Usavam aventais azuis. Um, de cabelo preto, era mais sisudo; era o que controlava o caixa, mas atendia também no balcão. O outro, loiro e de cabelo crespo, parecia que só atendia no balcão. O loiro era prosa, gostava de um papo, estava sempre conversando com algum freguês.

Nessa noite, a hora que eu cheguei, havia só um freguês, que estava num canto do balcão, conversando com o de cabelo preto. Era uma quarta-feira, pouco mais de dez horas. O loiro veio me atender.

Pedi uma vitamina. Ele picou as frutas, pôs o leite, o açúcar, e bateu. Pegou o copo e encheu-o. Sobrara um pouco, e então ele esperou que eu bebesse, para pôr o resto no meu copo. Eu agradeci.

Ele lavou o vidro na torneira e tornou a pôr no liquidificador. Depois, talvez por falta do que fazer, pegou o abacate e ficou rapando e comendo com uma colher. Jogou a casca no lixo.

— Não tem gosto de nada — ele disse.

— Você come sem açúcar? — eu perguntei, reparando que ele não tinha posto nada.

Ele sacudiu a cabeça, e tornou a dizer:

— Não têm gosto de nada esses abacates.

Olhou para mim:

— A vitamina está boa?

— Está — eu disse.

— Fruta aqui não tem gosto de nada.

Ele deu um sorriso:

— Abacate bom era o da fazenda... Eu punha leite, tirado na hora, leite e sal: ficava uma gostosura...

— Fruta do interior é outra coisa — eu disse.

— Conhece daquele abacate roxo? — ele perguntou.

— Aquele meio cascudo?

— É.

— Sei.

— Pois é: eu punha leite e sal, e comia três deles. Depois ia trabalhar na roça e aguentava até a hora do almoço. Aquilo era fruta mesmo, tinha vitamina...

— É...

— Sabe quantos pés de abacate havia na fazenda do Papai?

— Quantos?

— Quatorze.

— Onde que é a fazenda de seu pai? — eu perguntei.

— A quilômetros e quilômetros daqui... — ele disse, esfregando os dedos.

— Onde?

— Bahia.

— Bahia?

— É — confirmou, com orgulho.

Ele foi atender, no balcão da frente, um freguês que chegara. Pegou um copinho de dose e abriu a torneira do café até quase encher. Pôs à frente do freguês, cumprimentou um amigo que ia passando na calçada, e voltou para o meu lado:

— Caju: o que é caju aqui? É a careta, não é? Em São Paulo eles chamam de caju é a careta. Lá não: lá é a fruta. A gente mandava a meninada pegar; sacudia o pé, e o chão ficava tampado. E ainda dava para os porcos.

— É — eu disse, — eu sei como é...

— O senhor não é daqui também... — ele disse, meio na dúvida.

— Não — eu disse, — não sou. Eu sou de Minas. Também fui criado no interior. Eu sei como é; as coisas no interior são muito melhores.

— Nem se comparam — disse ele. — Banana, banana aqui: é tudo amadurecido à força, não tem gosto de nada. Que gosto têm essas bananas daqui? É a mesma coisa de a gente não estar comendo nada.

— É...

— Na fazenda do Papai tem todo tipo de banana: maçã, prata, ouro, são-tomé... Lá tem pé de todas as frutas: banana, abacate, laranja, coco, jaca... Conhece jaca?

— Conheço.

— Laranja, tem todo tipo também. Laranja-da--Bahia... Mas essa é da Bahia mesmo, não é a que eles dizem aqui que é da Bahia. Ela é docinha, parece que a gente pôs açúcar; é uma delícia.

— Você tem toda a razão — eu disse.

Acabara de tomar a vitamina e empurrei o copo.

— Carne, por exemplo — ele continuou; — você come essas carnes aí: que gosto que elas têm? É tudo congelado, não tem gosto de nada. Lá, na fazenda, a gente via matando o porco na hora; era aquela carne gostosa. E linguiça? Você sentia o cheiro de longe, a boca da gente enchia d'água... Já reparou como as linguiças daqui fedem?

— Fedem mesmo; por que será, hem?

— Não vou dizer que eles fazem sujeira, que eles tocam o negócio de qualquer jeito; se bem que tem gente que faz isso...

— Não duvido.

— Eu mesmo sei. Não é aqui, no bar; aqui a gente conhece quem faz as coisas, é gente asseada. E, mesmo assim, a linguiça ainda fede. Acho que é um preparado que eles põem nela. Eu não como linguiça aqui, em São Paulo. Só aquele cheirinho já me dá volta no estômago. Depois que comi as linguiças da fazenda, não tenho coragem de comer essas daqui.

— É, né?

— Precisava ver como a linguiça lá era gostosa... E a gente ainda carregava na pimenta... É outra coisa: pimenta aqui, se você quer uma, tem de comprar um vidro; lá, a gente joga fora, e é pimenta de tudo quanto é espécie.

Dois rapazes entraram e sentaram-se perto de mim. Eram estudantes. Um deles ficou sentado de lado, olhando para a rua. O outro, cabeludo e de barba, examinava as comidas e os preços numa lousa pendurada na parede. O baiano esperava.

— Esse "misto da casa" o que é? — perguntou o rapaz.

— É o mesmo tipo de americano — disse o baiano; — só que, em vez de tomate, ele tem é molho de tomate.

— E as outras coisas?
— O resto é igual.
— Tem ovo?
— Tem.

O rapaz olhou para o outro.

— Vamos esse — disse o outro.
— Dois? — perguntou o baiano.
— É — disse o de barba. — E uma vitamina. Você vai querer vitamina também?
— Não — disse o outro.
— Só uma vitamina — disse o de barba.
— Fruta ou aveia? — o baiano perguntou.
— Abacate, tem?
— Tem.
— Então abacate.
— Só abacate?
— É.

O baiano foi até uma portinhola no fundo e gritou: "Dois mistos da casa!" Depois foi providenciar a vitamina. Era rápido para fazer uma vitamina; num instante ele já tinha feito.

Encheu o copo e pôs à frente do de barba. Depois lavou o vidro na torneira. Virou-o de cabeça para baixo e deu umas sacudidas para a água acabar de escorrer. Pôs no liquidificador e tampou. Pegou um pano e, enquanto enxugava as mãos, veio de novo para o meu lado.

— Sei que a vida no interior é muito mais sadia — eu disse.

— Muito mais — ele disse, com entusiasmo.

Um dos rapazes dissera qualquer coisa. O baiano voltou-se para eles:

— O que foi? — perguntou.

— Esse abacate está podre — disse o rapaz.

— Podre? Você não viu eu fazendo?

— Está com um gosto de podre — disse o rapaz.

— Estava com gosto de podre? — perguntou o baiano, voltando-se para mim. — Foi o mesmo abacate com que eu fiz a sua.

Eu disse que não estava.

— Não é podre — explicou o baiano, com calma, sem se aborrecer. — Pode não estar com muito gosto; esses abacates aqui não têm gosto de nada. Mas podre não está, não.

O rapaz provou mais um pouco.

— Pode tomar sem susto — disse o baiano. — Não é podre, não. É que essas frutas aqui não têm gosto de nada.

Os mistos apareceram na portinhola, e o baiano foi lá pegar. Pôs à frente dos dois. Depois pegou o vidro de mostarda. Puxou para perto o suporte com os guardanapos.

Os rapazes começaram a comer.

— Lá, na fazenda, a gente levantava cedinho para ir à escola — ele continuou me contando. — Mas cedinho já era aquela claridão; não tinha sol ainda, mas já estava tudo claro. Era aquela beleza de céu, aquela coisa sem fim, azulzinho; uma maravilha. Na volta da escola, a gente ia para o rio; a fronteira da fazenda era o rio.

— Lá então devia ser bom para pescar... — eu disse.

— Bom? Puxa... A gente via os peixes se mexendo na água, prateando; a gente pegava até enjoar... Mas o mais gostoso era tomar banho no rio: a gente queimava, de ficar preto. Lá, só de andar um pouco a gente já amorena. Aqui, para queimar, o sujeito tem de ir a Santos e não sei mais o quê, enfrentar estrada, engarrafamento; isso não é vida.

— É... — eu concordei.

— Eu ainda estou meio queimado é de lá. Dessa vez fui nadar e queimei tanto, que as minhas costas pareciam fogo. Minha mãe pôs um talco; ela é zelosa com a gente. Mas no dia seguinte ainda voltei: pra calejar...

— Quando que você esteve lá? — perguntei.

— No fim do ano passado. Daqui a dois meses eu estou voltando para lá. Mas dessa vez é para ficar.

— Você vai embora?

— Vou, vou embora; vou embora e não quero nem mais saber. São Paulo é ilusão; esses prédios, essa barulheira, essa gente, tudo isso é ilusão. O sujeito vem para aqui achando que vai ter tudo, que isso aqui é o paraíso... Eu fui assim...

— Por que você veio?

— Eu era rapazinho, a cabeça cheia de ilusão, sabe como é. Achava que aquilo lá era roça, que aquilo não prestava, que eu tinha é de vir para São Paulo. Achava que, vindo para aqui, eu ia ficar rico... Pra você ver: lá, meu pai me dava dois contos toda semana; com dois contos, eu ia para a cidade e fazia uma farra, chovia menina. Ia a gente, aquela turma de irmãos.

— Quantos vocês são?

— Somos doze.

— Puxa... E os outros moram lá também?

— Moram; só eu é que fiz essa besteira de sair. O meu irmão que lá hoje está pior tem um açougue. Ele tem oito vacas: seis paridas e duas enxertadas. Um outro tem uma Rural. Eles vivem bem, e sem trabalhar muito. Aqui a gente se mata de trabalhar e quase que ainda passa fome. Você quer ver...

Ele tirou um lápis do avental, pegou um pedacinho de papel e fez, para eu ver, as contas do que ele ganhava e do que ele gastava, ele com a mulher e os dois filhos.

— Está vendo? Não dá... A gente também não vai ficar passando mal demais; deixar de comer carne, por exemplo. A gente faz isso, e depois? Vai gastar com remédio?

— É... — eu concordei.

Ele embolou o papelzinho e jogou num canto.

— A gente comenta essas coisas, e depois os outros vêm dizer que a gente é comunista e não sei mais o quê...

Os rapazes haviam terminado. O baiano fez as contas. Eles pagaram. O baiano pegou o dinheiro, foi ao caixa e chamou o outro garçom, que continuava conversando no canto. Pegou o troco, trouxe, e os rapazes saíram. O baiano levou os pratinhos e deixou-os em frente à portinhola.

Um outro freguês esperava, no balcão da frente. O baiano foi lá, atender. Ele demorou mais dessa vez. Eu fiquei olhando para a rua: passavam carros seguidamente, alguns correndo, fazendo um barulhão.

O baiano voltou:

— Não vejo a hora de ir — disse. — Só penso nisso, dia e noite. Já estou até arrumando minhas coisas.

— O que você vai fazer lá? — eu perguntei.

— Vou trabalhar para o meu pai. Ele é que insistiu para eu ir. "Fica aqui", ele disse, "aqui tu tem feijão, farinha, carne; tu tem tudo." Eu o chamei para passar uns dias aqui, em São Paulo. Ele não quis. "Eu quero é sossego", ele disse. Meu velho tem quarenta e nove anos, mas quem o vê ao meu lado diz que ele é meu irmão. Ele é mais novo do que eu...

— Quantos anos você tem? — eu perguntei.
— Faz um cálculo.
— Uns trinta e dois...

Ele riu.

— Você não vai acreditar...
— Quantos?
— Vinte e três.
— Vinte e três? — eu admirei. — Puxa, você parece muito mais velho... É mais novo do que eu quatro anos...
— Todo mundo acha; ninguém acredita que eu tenha vinte e três anos. Olha aqui...

Ele tirou a carteira de identidade e me mostrou.

— É — eu disse; — eu nunca adivinharia...
— Essa cidade envelhece a gente depressa. Quando eu tinha oito anos, eu pesava dezesseis quilos, mas era aquela gordura socada, sadia. Aqui eu nunca chegaria a oitenta quilos. Também vou dormir todo dia lá pelas cinco horas da manhã. Vivo gripado. Lá eu levava quatro ou cinco anos para ter uma gripe. Aqui eu vivo diariamente gripado; quando acabo de curar uma gripe, vem outra. Isso não é viver. Até doença lá é di-

ferente: você tem uma dor de barriga, toma um chá de folha e na mesma hora já está bom. Aqui é remédio e médico, remédio e médico...

— É... — eu disse.

— E a correria? Só essa correria já acaba com a gente. Todo mundo nervoso e agitado. Na Bahia não: o povo lá é tranquilo, chofer de táxi tem cuidado com você, carrega sua mala. Aqui você diz uma coisa, e eles já vão te mandando pra puta que pariu. Isso não é cidade. Foi a maior burrada que eu já fiz na minha vida.

— Se você não tivesse vindo, você talvez não saberia o valor do que você deixou.

— Mas eu perdi muita coisa aqui — ele disse. — Eu perdi a minha juventude.

— Você está novo ainda — eu disse.

— Perdi a minha juventude — ele tornou a dizer. — Envelheci antes do tempo. Essa cidade estragou minha saúde. Vou embora sem levar nenhuma saudade daqui.

Um casal de pretos entrou no bar e sentou-se a uma das mesas que ficavam no outro lado, encostadas à parede.

O baiano saiu do balcão, deu a volta e foi lá, atender.

Já eram mais de dez e meia. Eu estava com sono. Tirei o dinheiro e, quando o baiano passou, entreguei a ele.

— Faço votos de que você volte mesmo para a Bahia — eu disse.

— Só não volto se eu morrer antes — ele disse, rindo. — Não quero nunca mais saber disso aqui.

Abanei a mão para ele e saí.

Na noite seguinte passei em frente ao bar e o cumprimentei: ele respondeu, alegre. Foi a última vez que o vi, porque logo depois me mudei de São Paulo.

Agora já se passaram mais de dois meses, e estou curioso de saber se ele foi mesmo embora. Desejo que ele tenha ido. É o que ele queria. Qualquer um via que ele só seria feliz de novo se voltasse para a Bahia.

A chuva nos telhados antigos

— Que estranho... — ela disse. — Mas como você me descobriu aqui, Wilson?

— Isso é segredo; eu contratei um detetive particular...

Ela riu.

— Você vê que não adianta se esconder — ele disse; — mesmo que fosse a cidade mais longe do mundo, eu ainda te encontraria...

— É — ela tornou a rir; — eu estou vendo...

Ele pegou o maço de cigarros. Ofereceu-lhe: ela agradeceu.

— Você parou de fumar?... — ele estranhou.

— Parei; o Olímpio não gosta.

— Nem dentro de casa?

— Não — ela respondeu, e se levantou: — deixe-me pegar um cinzeiro...

Ela foi pegar um cinzeiro em cima de um móvel, e ele aproveitou para observá-la com mais liberdade. Ela continuava bonita; mas, claro, não era mais aquela menina graciosa, de olhos melancólicos, que ele conhecera tempos atrás: era uma mulher, e tinha mesmo aquele ar negligente de uma mulher com dois anos de casada.

— Detetive... — ela pôs o cinzeiro à sua frente e voltou a sentar-se. — Mas me conte, Wilson, o que você fez durante esse tempo, por onde você andou...

— Fiz muita coisa, Tânia; andei por muitos lugares. Pintei muito...

— Eu fiquei sabendo de uma exposição sua há pouco tempo.

— Uma no Rio?

— Acho que é. Eu li num jornal. Sei que o sujeito lá te fazia os maiores elogios, te chamava de um dos grandes talentos novos da pintura brasileira... Está vendo?

— É, não posso me queixar quanto à minha carreira; tenho tido bons êxitos. Com os quadros, já deu até para eu ir à Europa.

— Eu soube mesmo que você foi. Que tal?...

— Ótimo; gostei muito. Andei bastante por lá; fiquei uns tempos em Paris...

— Paris... — ela disse.

— Você lembra?...

Ela sacudiu a cabeça.

— Quantos planos, hem?... — ele lembrou.

— É... E nenhum deu certo... Bom, pelo menos, você foi a Paris...

— Fui, mas não como estava naquele plano...

— É assim mesmo: as coisas nunca são exatamente como a gente deseja...

Ela olhou na direção da janela, como se procurasse ver algo longe, na memória.

— De vez em quando eu me lembrava lá de você — ele disse; — de você, dos nossos planos... Era o último dia de aula, você lembra? O último dia de aula e o seu último ano no colégio. Você disse: "Hoje é a última vez na vida que eu visto este uniforme odiento."

Ela riu: estava surpresa de vê-lo lembrar-se daquele detalhe que ela própria não fixara. E, no entanto, fora isso, exatamente isso, o que ela dissera.

— Não foi o que você disse? — ele ainda perguntou, para confirmar.

— Foi; exatamente... Puxa, como você foi guardar uma coisa dessas, Wilson? Eu nem lembrava mais.

— Pois é... Você vê que eu não esqueço de nada...

Ela baixou os olhos, como se houvesse naquela frase uma velada acusação.

— O engraçado é sabe o quê? — ele continuou.

— O quê?

— Que você estava achando bom não vestir mais o uniforme, e eu achando ruim.

— Ruim? Você? Por quê?...

— Porque foi com ele que eu te conheci, e então eu pensei que eu nunca mais te veria como naquele primeiro dia. E isso era como se... como se eu começasse a te perder...

Ela tornou a baixar os olhos.

— O que você fez dele?

— Dele? — ela ergueu de novo os olhos.

— Do uniforme.

— Ah, nem lembro mais, nem sei o que eu fiz.

— Claro — ele disse; — que bobagem...

Os dois riram sem graça.

— É — ele disse; — muita água passou...

— Por que você não me telefonou aquela vez, Wilson?

— Aquela vez?

— Eu te pedi que telefonasse, não pedi?

— Pediu, você pediu...

— Por que você não telefonou?

— Não sei; eu fiquei na dúvida. Eu não sabia se você queria mesmo que eu telefonasse...

— Sempre duvidando das coisas, hem?... — ela o repreendeu, com um terno sorriso.

— Sempre, eu não digo; mas aquela vez... Foi uma fase difícil para mim, Tânia; eu estava com uma porção de problemas, sem emprego... E o pior é que eu não sabia se continuava com a pintura, tinha dúvidas sobre a minha vocação...

Ela o olhava, escutando com atenção.

— Depois, com muita dificuldade, as coisas começaram a se estabilizar, e aí eu fiquei mais seguro do que eu queria; fiquei mais tranquilo.

— A gente nota isso.

— Você nota?

— Noto; noto que você ficou mais adulto.

— Bom, mas, também, já era tempo, né?...

— E eu? — ela perguntou. — Você acha que eu mudei?

— Mudou; mudou muito. Você era uma menina àquela época; agora é uma mulher. Mas continua tão linda quanto antes.

Ela sorriu.

Ficaram os dois por alguns segundos em silêncio.

— Você toma um licor, Wilson? — ela perguntou.

— Licor? De quê?

— Murici.

— Murici? Faz anos que eu não vejo murici.

— Você gosta?

— Muito.

— Da fruta e do licor também?

— Ambos os três.

Ela riu.

— Vou trazer para nós...

Ela se levantou e desapareceu no corredor.

Ele chegou até a janela. A chuva, miúda, continuava a cair sobre as casas, de telhados antigos. Um pouco mais longe estava o rio, de águas barrentas, com bananeiras à margem. O céu encoberto, o dia escuro, ninguém passando na rua. Era uma paisagem triste, e ela o fazia recordar-se de outras, que ele não sabia de quando nem onde, mas que estavam bem lá no fundo de sua memória, na parte mais solitária de seu ser. E ele então sentiu de novo o que tantas vezes sentira: aquele gosto antecipado de perda, a inutilidade dos esforços, o irremediável das coisas. Tudo já estava havia muito tempo traçado, e qualquer tentativa de mudança terminava sempre em fracasso.

Ela chegou com o licor.

— Estava olhando a chuva... — ele disse.

— Há três dias que chove assim.

Os dois sentaram-se.

Ele tomou um gole do licor.

— Você é que fez?

— É.

— Está ótimo; meus parabéns.

Ela sorriu.

No silêncio, ouviam o ruído apagado da chuva.

— O que vocês fazem aqui, Tânia? Para se distrair...

— Tem um cinema aí; é a única diversão. De vez em quando a gente também reúne a turma de engenheiros e faz uma festa; é uma turminha boa.

— Você não sente falta daquela vida que a gente levava? Cinemas, teatros, bares...

— Às vezes sinto, não vou dizer que não; mas a gente se acostuma.

— Eu acho que eu não me acostumaria.

— Olha, quando nós chegamos aqui, no primeiro dia eu pensei: "Não aguento ficar nesta cidade nem mais um dia." Agora já estou aqui há dois anos...

— É... — ele disse, tomando mais um gole do licor.

— É assim.

— E em casa, o que você faz para passar o tempo?

— Adivinha...

— Não sei...

— Você vai rir.

— O quê?

— Tricô.

— É?...

Ele de fato riu.

— É — disse, — pelo que eu vejo, você está mesmo uma autêntica dona de casa, hem?

— Eu tinha de ser, né?

— Claro...

Tomou mais um gole.

— E o Olímpio, ele fica a tarde inteira fora?

— Fica.

— Você não tem medo de aparecer algum tarado aqui? Ou esta cidade não tem tarado?

— Tem a empregada.

— A empregada é tarada?

— Você, Wilson... Acho que você não mudou foi nada...

— Ela fica com você, a empregada tarada?

Tornaram a rir.

— Sabe, Tânia, eu não me conformo: você aqui nesta cidade, esse tipo de vida... Sinceramente, eu não acredito que você possa se acostumar com isso.

Ela sorriu apenas.

— E algum herdeiro, já vem por aí?

— Por enquanto não...

Ficaram de novo calados.

Ele tomou mais um gole do licor.

Olhou as horas:

— Cinco e cinco... O trem passa às seis...

Olhou para ela:

— Será que a gente se verá de novo, Tânia?...

Ela mexeu a cabeça, sem dizer nada.

— Pode ser que a gente nunca mais se veja — ele disse.

Ela ficou olhando para o cálice de licor.

— Você me perguntou o que eu vim fazer aqui. Sabe, eu não vim fazer nada: eu vim aqui só para te ver. A saudade era muita. Eu queria te ver, queria falar com você, saber como você estava, ter a certeza de que você continuava viva...

Riu e olhou para ela:

— Besta, né?...

Ela não disse nada; continuou olhando para o cálice de licor.

— Você tem razão, Tânia: eu talvez não tenha mudado nada mesmo...

Ele foi até a janela e ficou algum tempo olhando a chuva. Começava a escurecer.

Tornou a olhar o relógio.

— É, já é hora de eu ir andando...

Ela se levantou e veio também até a janela.

— Você volta?... — ela perguntou, olhando para fora.

— Você quer que eu volte?...

Ela mexeu a cabeça de modo indefinido.

— Não sei, Wilson... Não sei...

Ele observou-a, depois ficou um instante olhando para fora.

Respirou mais forte:

— Não — disse; — eu não voltarei.

Pronto: estava decidido.

Segurou de leve o rosto dela; lágrimas desciam mansamente.

— Tiau, Tânia.

Ela não respondeu.

Viu-o ainda, pela janela, caminhando, sob a chuva, para a estação, que ficava no fim daquela mesma rua comprida. Ele ia a passos firmes, e nem uma vez se voltou para trás.

Uma lástima

Ontem, à noite, eu levantei para ver a chuva. Não era muito tarde, fazia pouco tempo que eu tinha deitado. Estava acordado, olhando para o escuro, e então comecei a prestar atenção no barulho da chuva. Desde o começo da noite que ela estava caindo, mas só agora eu prestava atenção. Não tinha nada de mais o barulho, era o barulho que a chuva sempre fizera desde que o mundo existe; mas, à medida que eu o escutava, fui achando cada vez mais bacana. Lembrei de quando eu era criança e ficava assim, de noite, antes de dormir, escutando a chuva lá fora, no jardim — e eu não queria dormir, queria ficar escutando a noite inteira.

Acabei levantando e indo até a janela. Estava bacana: a rua quieta, as pedras do calçamento brilhando, os postes de luz amarelada, tudo molhado, o barulhinho dos pingos nas folhas da árvore em frente à minha janela, e aquele cheiro gostoso. Fiquei quase uma hora olhando, até que o sono veio. Se não fosse ele, eu teria ficado mais tempo. Eu não tinha mais a preocupação de dormir, de acordar cedo para trabalhar.

No outro canto do quarto, meu companheiro dormia. Se ele acordasse, perguntaria o que eu estava fazendo ali, se eu estava doente — porque um sujeito que levanta a essa hora, depois de estar algum tempo deitado, só pode estar doente. Ou então preocupado com alguma coisa. Mas não era nada disso. Eu diria a ele que eu não estava com nada, que eu estava muito bem, que eu levantara para ver a chuva. Ele certamente ia dizer: "Você é doido, Li." Ele sempre me chama de doido. Ou de criança. Ou então de veado.

Ele me chamou de veado só porque uma vez eu pedi uma rosa a uma dona. Então ele disse que eu era veado, homem não faz isso, não pede rosa, quem faz isso é mulher ou então veado. Não liguei. Claro. Não ligo para essas coisas. Se a gente fosse ligar, estava perdido. Sei que toda a vida foi assim, até com os grandes caras: santos, artistas, cientistas. Desde a escola que a gente ouve falar nessas histórias, estou careca de saber, e é por isso que eu não ligo.

Não é que eu ache que vá ser um dia um grande homem; se eu pudesse escolher, eu queria ser é um homem grande. Aí eu ia dar porrada numa porção de gente que me enche o saco. Eu pensava muito nisso lá, na empresa; tinha um punhado de gente lá que me enchia o saco. Depois que eu saí, fui parando de pensar. No dia seguinte mesmo, quando fui buscar o dinheiro, eu já não pensava mais. E agora já não sinto nada pelos caras: posso encontrar qualquer um deles na rua, que não me importo; é até capaz de eu achar que são excelentes caras, não duvido nada. Não tenho mais vontade de dar porrada em ninguém. Nem mesmo no chefe, que fez a sacanagem de me despedir. Aliás, eu já nem acho mais que foi sacanagem. Para dizer a verdade, estou até de acordo com ele: acho que ele tinha toda a razão em me mandar embora, era isso mesmo o que ele tinha de fazer, era isso o que mais cedo ou mais tarde tinha de acabar acontecendo.

Não foi nenhuma surpresa quando ele me chamou ao escritório e começou com aquela conversa: "Lívio, você sabe como eu tenho sido tolerante com você." Sabia; e sabia também o resto da conversa, não precisava ser nenhum adivinho: ele ia me mandar embora. E foi isso mesmo. Ele engrolou uma conversa de meia hora, para no fim me dizer o que desde o começo eu já sabia: que eu estava despedido.

Fiquei lá, sentado, olhando para a brasinha do meu cigarro, que ia queimando, e de vez em quando tirando a cinza com o mindinho. Eu dizia: "Compreendo." Ou: "Eu compreendo." Uma hora falava com o pronome, outra hora sem. De vez em quando eu dizia também: "Eu sei como." Responder, não foi preciso responder nada, porque ele não me perguntou nada — perguntar o quê, se ele já tinha mesmo decidido me pôr na rua? Eu não olhava para ele, olhava só para o cigarro, enquanto ele ia falando.

Uma hora ele fez silêncio, e eu então achei que ele tinha acabado e levantei para me despedir. Mas ele ainda fez um resto de discurso: "Lívio, eu quero que você compreenda, que fique bem clara a razão de minha atitude. Para ser franco, eu não costumo fazer isso com os empregados: esta conversa, esta explicação; vamos mesmo dizer, esta satisfação. Não costumo fazer isso. Geralmente é só o aviso, compreende? O aviso puro e simples. Não dou satisfação; quando despeço um empregado, ele já sabe por quê, não preciso dar satisfação. Mas com você, com você é uma deferência especial; você é ainda muito novo, e acho que algumas palavras minhas poderão te servir daqui para a frente."

Eu já sabia o que eram as tais palavras: eram aquela história de eu virar homem, encarar a vida com seriedade, ser uma pessoa responsável, deixar de ser criança, etcétera. "Você já tem idade para isso" — essa era sempre a última frase da história. Por isso, quando eu ouvi a frase, eu sabia que ele tinha acabado e que eu podia ir embora. Estendi a mão para ele e disse: "Bem, até logo, Doutor;

obrigado." Obrigado de quê? Estou sempre dizendo obrigado aos outros, como se tudo o que eles me fazem fosse um favor. Eu não devia ter dito nada, só despedir-me e — pelo menos naquele último dia — sair num porte de dignidade.

Foi pouco depois que eu entrei para a empresa, um dia em que eu fui ao escritório dar um recado, que o Doutor me falou sobre o "porte de dignidade" — o modo como um homem deve andar. Ele então me explicou como era, dando uma voltinha ao redor da mesa. Ele é muito gordo, e a única coisa em que consegui prestar atenção foi sua barriga. É por isso que toda vez que eu vejo um homem barrigudo e com cara de rico, eu lembro da palavra "dignidade".

Ele disse: "Então, vamos ver: você agora. Dê uma voltinha; vá até ali e volte. Um porte de dignidade." Eu fiz como ele mandou. Não, não, não era assim, ele disse, e mostrou de novo, e eu tornei a prestar atenção na sua barriga. Era engraçado: era como se ele fosse uma coisa, e a barriga dele outra — e a barriga estivesse rindo dele.

Tornei a ensaiar. "Procure sentir-se como se você fosse a pessoa mais importante do mundo, alguém admirado e invejado por todos, rico, glorioso. Vamos. Empine a cabeça. Isso. Jogue o peito para a frente; faça uma cara de como se você não ligasse para nada. Não, não é assim; endureça o andar, não deixe as pernas jogarem. Aí. Não, assim está parecendo que você está marchando. E o peito? A cabeça também já caiu. Agora piorou. Não, não é assim, não está bom, você não aprendeu como..." Eu parei, na frente dele.

Ele me olhou, desanimado: "Está bem", ele disse, "eu te ensinei, agora é você mesmo que tem de ir aprendendo sozinho. É não deixar esse andar caído, com jeito de quem não almoçou nem jantou, compreende? Bem, pode ir, pode voltar para o serviço..."

De noite, sozinho no quarto, diante do espelho do guarda-roupa, eu tentei de novo. Primeiro andei no meu natural, para ver como não devia andar — o andar jeito de quem-não-almoçou-nem-jantou. Dei razão ao Doutor: não inspirava nada aquele andar de égua estropiada. Não inspirava segurança, confiança, dinamismo, nada do que um futuro chefe de empresa devia inspirar. Pois era isso o que desde o começo ele achou que faria de mim um dia: um chefe de empresa. "Você tem tudo para isso", ele disse. Mas foi no começo; porque, depois, ele achou que eu não tinha nada para isso — que eu era "uma lástima", como ele dizia, torcendo os lábios e meio assobiando como se tivesse um araminho atravessado na boca.

Mas àquela noite eu me esforcei, juro que eu me esforcei. Fiz tudo para melhorar: a cabeça para trás, o peito para a frente, as pernas sem jogar, o ar de pessoa mais importante do mundo, a cara de não ligar para nada.

Mas não adiantava: por mais que eu me esforçasse, ficava faltando alguma coisa. O quê? Tive então o estalo: um travesseiro! Pus o travesseiro na barriga e vesti o paletó por cima: melhorou cem por cento. Cheguei a sentir o "porte de dignidade". Queria que o Doutor estivesse ali, para ele ver...

Comecei a achar a coisa divertida e fiz outros ensaios. Com uma folha de jornal, fiz um quepe de soldado, depois enfiei um cabo de vassoura na cintura: era o próprio general que ali estava. Vesti o paletó com a frente para as costas, virei o chapéu na cabeça, peguei um missal na estante do meu companheiro: era o vigário.

Mas, de repente, não achei mais graça: sentei na cama, ainda vestido de padre, e foi me dando um grande desânimo de tudo e uma grande tristeza. Era aquilo, eu não conseguia mesmo levar nada a sério, eu só conseguia rir daquelas coisas. Todo mundo queria ser alguma coisa — chefe de empresa ou general ou vigário. Mas eu, eu não queria ser nada disso: eu não queria ser nada. Eu não me importava com nada disso; eu só me importava com coisas que não têm importância: eu me importava com rosas, chuva e coisas desse tipo.

Quando todo mundo estava olhando para alguma coisa longe e correndo atrás de alguma coisa, eu estava sentado em algum lugar, sem dar atenção ao que acontecia ao redor, olhando para a brasinha do meu cigarro.

Eles tinham razão, todos eles tinham razão: eu era mesmo doido, criança, veado — eu era uma lástima. "Uma lástima", eu disse com raiva para o espelho, torcendo os lábios e assobiando como se eu tivesse um araminho atravessado na boca. "Uma lástima!", gritei, já quase chorando. "Uma lástima!"

Quando cheguei à empresa, duas horas atrasado, o Doutor disse: "Dez e quinze." "Estive doente essa noite", eu disse. Ele não disse mais nada; só tornou a me dar uma olhada daquelas que me dera na véspera, antes de eu sair do escritório. Deve ter pensado: "Hoje ainda está pior do que ontem" — o porte de dignidade, a cabeça para trás, o peito para a frente e tudo. E deve ter sido nesse dia que ele começou a desistir do futuro chefe de empresa.

Cadela

Iam subindo devagar a encosta do morro, o homem na frente, a mulher atrás.

— Eu juro — disse a mulher.

— Jura... — disse o homem.

— De que adianta falar? — disse a mulher. — Você não quer me compreender.

— Compreender... — disse o homem, no mesmo tom.

Tinham chegado ao ponto mais alto do morro, onde havia algumas árvores. O capim, por causa das chuvas, estava crescido e verde.

O homem ficou parado em frente à cerca, a mão direita segurando o arame farpado. A subida, no calor daquela tarde, a conversa e sua própria corpulência o haviam cansado, e ele arfava pesado — o bigode grosso, a barba lhe cobrindo quase toda a cara. Sua camisa, nas costas, estava molhada de suor.

A mulher, um pouco atrás, também estava imóvel e olhava na mesma direção em que o homem olhava. Por ali só se viam cerrados e matas; apenas, ao longe, o telhado de uma casa aparecia.

Um pássaro chamava por outro a distância, num piar espaçado e desolado.

Era um dia quente, abafado, o sol encoberto, o céu nublado. Do chão parecia, às vezes, subirem ondas de calor.

Na fronte do homem o suor ia lentamente escorrendo. Ele tinha o rosto contraído, os olhos apertados. Continuava a segurar o arame.

— Adão — a mulher se aproximou mais, ficando quase a seu lado: — por que você não procura me compreender?

— Compreender? — ele então se virou e olhou-a. — Você vai, faz isso, e depois vem me falar em compreender?

A mulher não respondeu.

Ele tornara a olhar para longe, as duas mãos agora segurando o arame.

— Você destruiu tudo — ele disse; — tudo o que havia de bom, tudo o que havia de verdadeiro entre nós. Você destruiu tudo isso.

A mulher o olhava em silêncio.

— Eu confiava em você — ele continuou; — eu te respeitava; eu te amava. Você era para mim como uma princesa.

— Eu estou te pedindo perdão... — disse a mulher, com voz suave.

— Perdão... É fácil pedir perdão, não é?...

— Todos nós erramos...

Ele continuou olhando para longe, o rosto ainda mais contraído, o suor escorrendo, o tórax se dilatando com a respiração opressa.

No rosto da mulher também gotas de suor iam deslizando. Os ramos do capim roçavam-lhe as pernas. Ela sentia uma vaga tontura.

— Adão...

— Chega! — ele gritou. — Não quero mais ouvir!

Seu rosto explodia de cólera.

— Cadela!

A mulher foi se afastando, ele veio vindo.

— É isso o que você é: uma cadela!

Ela se encostou a uma árvore de grosso tronco. Ele agarrou sua blusa e rancou um botão. Rancou os outros. Rancou o soutien. Ela só o olhava, inerme e apavorada.

Ele então pegou os seus seios, grandes e de tetas largas. Ela sentiu os seus dedos, fortes e ágeis. Fechou os olhos.

— Adão...

— Geme, cadela, geme!

Ela não pôde mais e abraçou-se a ele com sofreguidão.

— Me larga! — ele empurrou-a.

Ela ficou olhando-o, ofegante, os lábios trêmulos.

— Tira a roupa! — ele ordenou.

Ela tirou, enquanto ele também tirava a sua. E, sem que ele nada dissesse, ela se jogou no capim

— a cabeça tombada para trás, as pernas abertas, o sexo erguido para o céu, latejante e úmido.

— Eu quero... — ela murmurou para o ar, a voz rouca, os olhos nublados.

Ele pôs o pé sobre a sua barriga: ela o agarrou, agarrou sua perna, quis agarrar seu sexo — ele deu nela um empurrão. Ela tornou a se erguer e a querer agarrar seu sexo — ele deu nela um tapa. Ela ficou petrificada, olhando-o.

— Vira de costas! — ele mandou.

— De costas?... — a voz trêmula. — O que você vai fazer?...

— Vai virar? — e ele ergueu a mão para bater.

Ela protegeu o rosto.

— Vai? — a mão ameaçava.

Ela então foi se virando, lágrimas aparecendo nos olhos.

— Você não pode... Eu nunca fiz...

— Cala a boca, sua puta!

Ela o sentiu então sobre si — o corpo dele esmagando-a contra o capim, os braços e as pernas envolvendo-a, ele agredindo-a, machucando-a.

— Você não pode... Está machucando...

Ele ofegava em sua nuca, as mãos esfregavam seus seios e seu sexo. E de repente ela parou de chorar: sentiu que tinha entrado e que agora ia entrando, rápido e firme e de uma vez. E então estava tudo dentro dela, e mexia, e ia e vinha, doído e enervante, e doce, e profundo, subindo até sua cabeça, entontecendo-a, crescendo nela toda, fazendo-a torcer-se e rir e gemer e suspirar, e pedir e gritar, desatinada, alucinada, gritando gritando gritando — e então levada para longe, nascendo e morrendo em sucessivas ondas de luz e de escuro, até não poder mais: e amoleceu desfalecida.

"Levanta" — ela ouviu, mas não abriu os olhos, perdida numa suave inconsciência.

"Levanta" — ela ouviu de novo, e então abriu os olhos: viu à sua frente o capim.

— Sua roupa — e ele jogou-a.

Ela se vestiu, de costas para ele. Vestia-se devagar. Amarrou as pontas da blusa. Calçou os sapatos, que estavam ali perto.

— Agora vá — disse ele.

Ela voltou-se: fitou-o com um olhar calmo e distante, como se não o tivesse entendido.

— Eu disse: agora vá.

— Embora?

— É, embora.

A mulher começou a andar, a descer a encosta. Ia lentamente. Então parou; virou-se e veio andando de volta.

Parou em frente ao homem: abaixou-se, ajoelhou e beijou-lhe os pés.

Piabinha

O rio passava mansamente, espelhando as nuvens brancas do céu.

No alto do barranco, um menino de calção, encardido e barrigudinho, o olhava com fixidez. Havia já algum tempo que ele estava ali.

Então o menino deu as costas para o rio e foi descendo devagar o barranco.

Andou até a margem, onde um outro menino, um pretinho, pouco maior do que ele, estava agachado e curvado, com a mão dentro da água, numa atitude de expectativa. Ficou em silêncio, olhando-o.

O pretinho então se virou:

— Tá difícil... — disse, com uma cara de desânimo.

— Deixa pra outro dia — disse o barrigudinho.

— Pra outro dia? Por quê?

— Nada — o barrigudinho sacudiu os ombros.

O pretinho ficou olhando-o, os olhos apertados por causa do sol.

— Ocê tá com medo?

— Eu não.

— Eu tou vendo.

— Tá vendo o quê?

— Que ocê tá com medo.

— Ah — o barrigudinho fez beiço; — eu vou embora, hem?

— Então vai, bobo; mas aí eu não pego a piaba.

O barrigudinho ficou de cara emburrada, olhando para o chão.

— Ocê não pegou ainda — disse.

— Porque tá difícil; experimenta ocê.

— Eu não dou conta.

— Então não fala, uai.

Os dois ficaram calados.

O barrigudinho olhou para as águas, que, mais longe, passavam quietas e pesadas; sentiu um arrepio.

— Ocê vai embora ou vai ficar? — perguntou o pretinho, pondo-se de pé na água.

— Vou — disse o barrigudinho, sem tirar os olhos de longe, como se estivesse hipnotizado.

— Vai o quê?

— Ficar — e olhou para o outro: — ê, mas ocê tá chato hoje, hem?

— Ocê é que tá com medo.

— Eu tou mesmo — confessou o barrigudinho, de olhos no chão, e ficou mexendo no calção, que era tão encardido quanto ele.

O pretinho veio, amigo e paternal — era uma espécie de protetor do outro.

— Por que ocê tá com medo?

— Porque tou.

— Medo de não dar certo?

— É.

— Não deu comigo?

— Mas pode não dar comigo.

— Por quê? — o pretinho perguntou, e concluiu ele próprio: — Por que ocê é pequeno?

— É — concordou o barrigudinho, que não tinha nenhuma explicação.

O pretinho ficou um instante calado.

— Quer dizer que ocê não quer aprender a nadar — apelou então, usando de uma tática que sempre dava certo.

— Eu quero, ocê sabe que eu quero.

— Tá parecendo que não quer.

— Não quero... Ocê fica me chateando... — e o barrigudinho fez de novo beiço, como se fosse chorar.

O pretinho não insistiu — sabia também a hora de calar.

Agachou-se na areia e ficou olhando para o rio, procurando ver, longe, alguma coisa interessante. A outra margem era coberta de matas; uma pessoa, quando lá aparecia, ficava do tamanho de um boneco. O rio era muito largo.

O barrigudinho também estava olhando para o rio, mas sua atenção estava voltada para os latidos distantes de um cão. Era na vila, a alguns quilômetros dali, e ele sabia que cão estava latindo: Conga. Brincava com ela quase todo dia. Conga gostava de brincar. Ela era grande, e quando pulava nele, quase o derrubava. Conga tinha patas feito patas de onça. Com que seria que ela estava latindo? Seria com algum gato? Devia ser. Devia ser lá no campinho deles. Ele queria estar lá. Queria estar lá, no campinho, correndo com Conga atrás de um gato.

Foi sentindo uma coisa ruim. Era como se ele nunca mais fosse fazer aquilo, nunca mais fosse voltar para a vila. Sentia o corpo bambo, as coisas se apagando em sua cabeça, os latidos longe. E então tudo ficou quieto e em silêncio. Só havia o rio, na sua frente, passando.

O pretinho se levantara:

— Vamos, então?

Ele despertou, com espanto, e ficou olhando para o outro.

— Aonde? — perguntou.

— Embora.

— Embora?

Em vez de responder, olhou de novo para o rio, e essa hora o rio pareceu diferente: parecia sem perigo e parecia estar pedindo que ele ficasse, não fosse embora. Viu-se então, como numa cena rápida de filme, mergulhando e depois dando braçadas, água entrando pelo nariz e pela boca, mas ele batendo os braços e as pernas, a cabeça de fora, e, quando via, já tinha nadado um pouco, já tinha aprendido. E então entraria de novo, e nos outros dias sempre viria e iria aprendendo cada vez mais, e se aventuraria sem medo pelo rio, e mergulharia, e brincaria, e faria tudo aquilo que os outros meninos faziam.

— Que tamanho é a piaba? — perguntou.

— Desse tamaninho.

— Tem que ser viva mesmo?

— Claro, senão de que adianta? — disse o pretinho, já meio chateado com as indecisões do outro.

O barrigudinho sentiu como se a piaba, fria e viva, já estivesse deslizando por sua goela e depois caindo no estômago e mexendo lá dentro. Ele deu então um pinote.

O pretinho riu, os olhos alumiando:

— Vamos pegar?

— Vamos!

Os dois entraram, correndo e gritando, na água, que ali era rasa.

Foram até as pedras.

O pretinho investigou: viu uns peixinhos correndo.

— Aí eles — disse o barrigudinho.

— Esses estão muito pequenos.

— É mais fácil de engolir.

— Mas não adianta, sô. Ali; passou um bom ali.

O pretinho deu mais uns passos, cauteloso, até outra pedra.

— É capaz de ser o esconderijo deles aqui... — sussurrou para o outro.

Enfiou a mão na água e ficou esperando. Ouviu então um barulhinho e olhou para trás:

— Ê, pronto...

Levantou-se e pôs as mãos na cintura:

— Agora é que a gente não pega mesmo: ocê tá mijando...

— O que é que tem?

— Espanta os peixes, será que ocê não entende? Já vi que eu vou acabar perdendo a paciência hoje...

O barrigudinho foi andando para a margem, mijando e olhando para a espuma que o mijo fazia na água. Depois ficou lá, sentado na areia, fazendo uma estradinha.

Então ouviu seu nome e olhou para o rio: o pretinho mostrava a mão, erguida e fechada — o rosto rindo de alegria.

— Peguei! Peguei!

Veio correndo, espirrando água.

— Olha aqui...

Abriu a mão: uma piabinha saltava, tentando fugir.

— Tá vendo?

O barrigudinho sentiu um frio por dentro. Mas não deu para dizer nada, o pretinho já ia subindo o barranco:

— Vamos, depressa, senão ela morre!

Correu para acompanhá-lo — corria de um modo desajeitado, como se a barriga o atrapalhasse.

Na beira do barranco, eles pararam.

— Faz do jeito que eu disse — instruiu o pretinho, afogueado: — a hora que você cair na água, bate os braços e as pernas; não para, não. Ocê vai sair ali, nas pedras. Entendeu?

Sacudiu a cabeça.

— Agora engole a piabinha.

O barrigudinho abriu a boca e fechou os olhos; ficou esperando com susto. O pretinho segurou com dois dedos a piabinha, apontou e jogou dentro.

— Engole! Fecha a boca! Engole!

Ele engoliu.

— Agora pula!

O barrigudinho ficou parado, sem se mover, olhando fixo para as águas.

— Pula! Pula!

Ele recuou uns passos.

— Ave Maria, cheia de graça...

Então correu e pulou.

O pretinho viu-o submergir — e não o viu mais. Por um instante, esperou que ele aparecesse no mesmo lugar. Depois lembrou que ele podia já estar nas pedras, e olhou para lá: não estava.

Olhou então para longe — mas nada viu, a não ser uma garça que ia passando àquela hora sobre o rio, em direção à outra margem. Era uma garça muito branca e voava baixo, batendo suavemente as asas.

Branco sobre vermelho

A mulher pousou as mãos sobre a mesa e ficou olhando-as: eram mãos muito brancas e formavam um belo contraste com o forro vermelho da mesa. Nos dedos, vários anéis, alguns grandes, na última moda. Sua roupa também seguia a moda: uma pantalona preta e, na cabeça, um lenço marrom. Era jovem e muito bonita.

A outra, que a acompanhava, embora não estivesse menos bem vestida, não era bonita nem jovem; a excessiva pintura não conseguia disfarçar-lhe a idade, mais acentuada ainda pela expressão fechada que tinha àquela hora. Fumava seguidamente, revelando um certo nervosismo, mas mantinha a elegância — a refinada elegância que transpirava de cada coisa naquele restaurante, um dos mais chiques da cidade, frequentado por altas figuras da sociedade.

— Então? — ela disse, apagando o cigarro no cinzeiro.

A jovem olhou para ela:

— Então o quê?

— Você não vai dizer?

— Eu já disse, Mafalda.

— E você acha que eu acreditei, Lizete?

— Você não acreditou porque você não quis, Mafalda.

— Porque eu não quis... — ela deu um risinho. — Eu bem que gostaria de acreditar; acharia muito melhor se acreditasse...

— Então por que você não acredita?

— Não acredito porque é mentira, Lizete! É por isso que eu não acredito! Ora... Você está achando que eu sou o quê? Que eu sou uma boba? Pensa que eu não percebo as coisas? Pois eu percebo, e muito bem, viu?

— Está bem, Mafalda, então percebe...

— E não fique com esse risinho cínico; bastam as mentiras que você já me pregou.

— Está bem, Mafalda.

— Está bem...

— O que você quer que eu diga? Que está mal?

— Eu quero que você não diga nada!

— Está bem: então eu não vou dizer nada.

As duas calaram-se de novo.

O garçom veio até a mesa; curvou-se, com um sorriso:

— Mais alguma coisa, madame? Outra sangria...

Mafalda olhou para Lizete.

— Eu não quero mais nada — disse Lizete.

— É só — disse Mafalda ao garçom, que tornou a sorrir e se afastou.

Dois casais de meia-idade tinham acabado de entrar no restaurante. Conversavam ruidosamente. Um dos homens, corpulento e gordo, abriu os braços e exclamou, como se falasse para todo o salão:

— Ah! Nada como estar de volta à civilização!

Olhou então na direção das duas mulheres e, reconhecendo Mafalda, cumprimentou-a.

— Quem é? — quis saber Lizete.

— Deputado.

— Ele estava onde?

— Acho que viajando pelo interior, fazendo campanha.

As duas ficaram um instante observando os casais, que se haviam sentado a uma mesa do centro. Eles conversavam e riam sem parar, principalmente o deputado. O garçom, ao lado, esperava, mostrando uma cara de divertido. Escolhiam uma coisa e pediam; escolhiam outra e tornavam a pedir. O garçom esperando, rindo com eles; mas quando passou em direção ao fundo, para providenciar o pedido, tinha a cara de sempre, aborrecida e revoltada.

— Eu quero só que você me diga uma coisa — tornou Mafalda, recomeçando a conversa: — por que você foi com ele, se você podia não ter ido?

— Podia, Mafalda? Eu podia? Eu ia bancar a grossa com ele?

— Você podia ter inventado uma desculpa.

— Que desculpa?

— Que desculpa? Uma desculpa qualquer.

— Não sei que desculpa eu podia ter inventado...

— Não sabe porque você não quis.

A outra se calou.

— Se você quisesse, você inventava; quem não inventa? A questão é que você não quis; a questão é que você quis mesmo ir com ele.

— Está bem, Mafalda — e o tom agora era decidido: — você quer mesmo saber, né? Pois foi isso: eu fui com ele porque eu quis. Pronto. Você queria saber; agora você sabe.

Mafalda ficou olhando-a, muda. Então desviou os olhos para a mesa: suas pálpebras começaram a bater como se ela fosse chorar. Segurou o cálice de bebida, mas não o tirou do lugar.

— Eu não queria te dizer isso, mas você ficou insistindo...

Mafalda, de olhos baixos, a mão segurando o cálice.

— Mas, também, não é caso de você ficar assim. Isso não muda as coisas; nós não... Isso não altera nada.

Ela tirou um lencinho da bolsa e enxugou discretamente os olhos.

— Lamento que você se sinta assim, Mafalda; é por isso que eu não queria te dizer. Mas isso não muda as coisas, juro.

Ela pegou outro cigarro; acendeu-o, as mãos trêmulas.

Algum tempo se passou com as duas caladas.

— Como é que ele se chama? — Mafalda então perguntou.

— Ele?...

— O rapaz.

— Daniel.

— Daniel... — ela repetiu. — É um nome bonito. Ele também é bonito. O que ele faz?

— Não sei, não entendi bem. Acho que ele é corretor; não prestei muita atenção.

— Essa hora a gente não presta mesmo muita atenção...

— Você fala como se eu estivesse apaixonada por ele, Mafalda.

— E não está, não?... — Mafalda sorriu, com um pouco de ironia.

— Não, não estou. Houve apenas simpatia entre nós, amizade; apenas isso.

— Hum... — disse Mafalda, e a conversa entre elas morreu novamente.

Com a noite chegando, as pessoas iam aos poucos aparecendo. Era uma segunda-feira, e o restaurante àquela hora ainda estava praticamente vazio.

Mafalda observava a mesa do deputado.

— Veja; veja como eles comem, como eles ficam. Observe as caras, como elas estão vermelhas, e como as bocas se mexem, e os olhos olham para a comida. E o que eles dizem. Eles não dizem nada, eles estão apenas falando, porque não suportam ficar calados. É como um bando de porcos no cocho, grunhindo de satisfação. E depois toda aquela aparência educada e cortês... Como somos grotescos!...

Lizete a observava, com um misto de respeito e admiração.

— Você é profunda, Mafalda...

— Eu? Profunda?... — ela riu. — Não, não sou profunda; nem profunda, nem madame, nem nada. Sou apenas uma mulher que está ficando velha e que tem muito medo da solidão. Muito medo...

Lizete se moveu inquieta na cadeira. Olhou as horas.

— Dez para as oito... Vamos, Mafalda?

Mafalda balançou devagar a cabeça. Olhava fixamente para a mesa.

Lizete acendeu um cigarro; soprou com força a fumaça.

— Quando você vai se encontrar de novo com ele? — Mafalda perguntou.

— Com ele quem?

— Daniel — ela disse, de um modo frio.

— Eu disse que ia me encontrar de novo com ele?

— Você não disse, mas é claro que você vai.

— Claro por quê?

— Meu bem, você já mentiu para mim uma vez hoje; não há necessidade de mentir outra vez.

— Eu não estou mentindo, Mafalda — disse Lizete, devagar, se avermelhando.

Mafalda sorriu.

— Ele me convidou para eu me encontrar de novo com ele; ele me convidou. Mas eu não disse que ia; eu disse apenas que telefonaria para ele depois. Eu só disse isso.

— Eu sei... Você vai telefonar, vocês vão se encontrar de novo, ele...

— Mafalda...

— Não me interrompa! — gritou quase a mulher, chamando a atenção das outras mesas; mas ela não pareceu se importar. — Sei muito bem que é isso o que vai acontecer; sei tanto quanto me chamo Mafalda. Você passará a se encontrar com ele e a me mentir cada vez mais. Até que um dia...

Ela parou, ofegante.

— Até que um dia você me deixará.

— Eu nunca te deixarei, Mafalda; você sabe.

— Não, você não me deixará; claro que não, quem duvida disso? Você, minha gatinha preciosa, a coisa melhor do mundo...

Parou e suspirou fundo. Tinha o rosto afogueado.

— Não — disse, abanando a cabeça, — você tem razão, você não me deixará mesmo...

E olhou a outra de frente:

— Porque se você me deixar, eu te mato.

Causa perdida

Mamãe era maluca com padre. Mais do que ela, só Tia Gertrudes: esta já era tarada. Tia Gertrudes passava o dia nas igrejas, conversando com os padres; começava numa e percorria todas as que podia percorrer num dia — era a própria barata de igreja. Mamãe não chegava a tanto, mas também era bem maluquinha.

Acontece que naqueles dias tinha chegado à cidade um padre que fora vigário de nossa paróquia anos atrás e que, pelo que eu soube, era muito amigo da nossa família; ele é que tinha batizado Chiquinho, meu irmãozinho. Logo que ele chegou, Mamãe e Papai foram visitá-lo, e então Mamãe convidou-o para almoçar um domingo lá em casa. O padre aceitou, e aí lembrou-se de umas coxinhas que ele tinha comido lá, num almoço, aqueles tempos; e então Mamãe foi logo dizendo que ele ia comer de novo aquelas coxinhas. Não haveria mal nenhum nisso; o problema é que, para as coxinhas, Mamãe resolveu pegar um galo nosso, o Filó — e foi aí que danou tudo.

Filomeno, que depois passou a ser simplesmente Filó, era de Chiquinho. Era um galo índio, que Mamãe comprara franguinho ainda. Não sei por quê, Chiquinho logo criou afeição por ele; dizia que o franguinho era seu, tratava dele diariamente, com todo o carinho, levava água e comida, gamou com o bicho. Não sei se foi por causa de toda essa atenção, o frango logo mostrou que não era um frango qualquer: ele tinha inteligência — ou sei lá o que é que ele tinha que era igual à inteligência. Ele tinha algo que um frango comum não tem: ele compreendia e aprendia as coisas. Chiquinho ensinava a ele, e o danado, à medida que crescia, mostrava-se cada vez mais sabido.

Por fim, já galo feito, Filó fazia coisas que só mesmo as pessoas que viam podiam acreditar. Ele podia, sem susto, trabalhar num circo de animais amestrados. Se Chiquinho quisesse, ou o pessoal lá de casa, a gente podia vendê-lo por uma fortuna. Mas ninguém pensou em fazer isso: primeiro porque nossa situação financeira não chegava a tal ponto; e, segundo, porque Filó já fazia parte da família, e ninguém queria bancar os irmãos de José do Egito — embora depois tenham bancado pior...

Não vou contar aqui tudo o que Filó fazia, mesmo porque quase ninguém iria acreditar. Por exemplo: se eu contasse que ele dançava *La*

Cumparsita... Pois dançava. Chiquinho assobiava, e Filó ia acompanhando. Isso várias pessoas viram. Era um galo diferente. O Q.I. do bicho devia ser o de um gênio. Dar bom-dia com a asa, esconder a cabeça, coisas assim eram café pequeno para ele. No duro: eu às vezes ficava olhando, e me dava até um negócio esquisito, pois aquilo não era normal, um galo que fazia aquelas coisas não podia ser um galo normal.

Não era com todo mundo que ele fazia: era só com Chiquinho. Chiquinho conversava com ele: o galo ficava parado, escutando, e de vez em quando piscava, torcia a cabeça, sacudia as penas, arrepiava ou cacarejava. Quem via jurava que ele estava entendendo palavra por palavra — e Chiquinho dizia que ele estava mesmo. Se havia ali um doido, era difícil saber quem era ele, se o galo ou o meu irmão. Ou então eram os dois, juntos... O fato é que eles se entendiam e eram amigos.

Além disso, como todo gênio, Filó tinha também as suas maluquices. Por exemplo: tinha dia que ele cismava de andar numa perna só, saltitando. Como ele fazia isso, não sei; sei que ele fazia. A primeira vez que Chiquinho viu, pensou que fosse algum machucado, mas examinou o galo e não achou nada; e depois, uma outra hora, o surpreendeu andando normalmente; e de novo numa perna só. Não tinha explicação: maluquice de gênio...

Outra coisa esquisita era ele de vez em quando correr os pintinhos. Era como se ele se sentisse azucrinado com aquela piadeira o dia inteiro — um gênio como ele ter de suportar isso... Então explodia, e era uma folia dos diabos no galinheiro, com pintinho correndo para todo lado e a galinha, aflita, sem saber a quem acudir e sem entender o que dera em Filó.

Uma terceira maluquice — Chiquinho achou que fosse maluquice — foi a de ele não sair da casinha, ficar lá dentro quase o tempo todo, trepado no poleiro, como quem não quer nada, às vezes até dormindo. Quando Chiquinho contou isso, Mamãe, que já vinha desconfiando de certas coisas, arranjou outro galo, mais novo. Chiquinho quis saber o motivo, mas Mamãe disse apenas que Filó já estava ficando velho. Chiquinho era pequeno para entender essas coisas; ele achou que fosse mais uma maluquice de Filó...

"Mãe, por que as pernas do Filó estão ficando daquele jeito?..." Estavam cobertas de um cascão branco. Parecia uma doença, um câncer — mas era simplesmente a velhice. "Mãe, não tem jeito de cortar um pedaço das esporas do Filó? Parece que elas até atrapalham ele andar." "Mãe, apareceram uns caroços na cabeça do Filó, o que será?"

Um dia Chiquinho chegou ao galinheiro e encontrou Filó num canto: abatido, ensanguentado, quase morto — levara uma surra do outro galo. Acabara o reinado de Filó. Chiquinho, de raiva, quase matou o outro galo. A sorte é que Mamãe chegou a tempo e não deixou: "Que loucura é essa, menino? " "Ele bateu no Filó." "Filó já está bom é de morrer, ele não serve mais para nada." Os adultos vivem ferindo à toa as crianças: Mamãe não precisava ter dito aquilo; ou, pelo menos, devia ter dito de outro modo.

Poucos dias depois, ela dava a notícia: Filó ia ser morto para ela fazer coxinha. Confesso que até eu mesmo, quando soube disso, fiquei revoltado. Afinal de contas Filó não era um galo qualquer e merecia um fim mais digno do que aquele de se ver transformado em coxinha e ser comido entre conversas e risadas alegres num almoço de domingo.

Existem certas causas que são perdidas desde o começo. São coisas que não deviam acontecer. Por exemplo: a gente gostar de um galo. Pois ninguém vai querer vê-lo um dia cozinhando na panela e transformado em coxinha. No entanto é esse o destino dos galos, e querer ir contra é, no mínimo, criar um problema doméstico.

Quando eu falei com Mamãe e disse que a gente podia comprar um outro galo para as coxinhas, ela deu a bronca: "Comprar, se nós temos esse aí, no ponto? Ou você quer que a gente deixe o Filó morrer de velhice e doença e depois ser enterrado, quando ele podia economizar o dinheiro de um bom galo para coxinha? Vocês acham que seu pai trabalha para quê? Pensam que nós somos ricos? Chiquinho ainda passa, mas você já é rapaz e devia compreender isso. Vocês, aqui em casa, são cheios de coisas; criar tanto caso por causa de um galo velho..."

"Não é um galo velho, Mãe", eu disse.

"Não é um galo velho como?..."

"A senhora não compreende."

"Não compreende o quê?..."

Eu cocei a cabeça.

"Vocês só sabem é arranjar problema", ela encerrou, e foi cuidar do serviço.

Domingo chegou, e, ao meio-dia, lá estávamos todos à mesa: o padre e nós, com exceção de Chiquinho, que se fechara no quarto e não queria sair para nada.

E lá estavam as coxinhas — pobre Filomeno. Eu decidira não comer nenhuma, em sinal de protesto; mas as coxinhas estavam tão apetitosas, e os outros comiam com tanto gosto, que eu acabei não resistindo e comi também: comi quatro.

Que Filó me perdoe...

Primos

Eu tinha me levantado para ir embora:
— Ainda é cedo — ela disse.
— Já são mais de dez horas — respondi, olhando o relógio; — vou ter de levantar de madrugada amanhã para viajar.
— Nem acabamos essa garrafa — ela disse. — Vamos acabá-la primeiro, depois você vai...
— Bem...
— Senta, senta aí...
Acabei cedendo e novamente me sentando. Ela pôs nos copos o que restava da cerveja. Era a segunda garrafa que bebíamos.
— Hoje está bom para uma cerveja — ela disse.
— É — eu concordei; — com esse calor... Ainda bem que está armando chuva. E é por isso que eu queria ir.
Ela pôs as mãos na cintura:
— Ê, mas você é bobo, hem?... O que é que tem se chover? Será que você está na casa de um estranho?
Eu ri.

— Se chover, você dorme aqui. Você já devia ter vindo para aqui... Assim, ao menos eu tenho uma companhia. Acho ruim quando o Lauro está viajando.

— Você tem medo?

— Não é medo: é mais preocupação com as crianças; às vezes uma necessidade...

— Isso é mesmo.

— Medo até que eu não tenho.

Um trovão sacudiu o céu. Houve uma pausa. E então a chuva caiu, uma chuva pesada.

Fiz uma careta para Rosana.

— Está vendo? — ela disse. — Você não quis vir para aqui, né? Agora vai ter de ficar. Daqui a pouco já vou até arrumar sua cama...

Fui à janela. Era uma janela grande, dessas de levantar e baixar. Nós estávamos na sala do primeiro andar; Rosana morava num sobradinho.

Ela veio também à janela. Ficamos olhando a chuva cair na rua.

— É muita água... — eu disse.

— É — ela disse; — estava precisando.

— Estava mesmo — eu concordei.

A chuva foi mudando de direção, começou a pingar na janela. Rosana foi fechá-la, eu a ajudei — a janela era meio pesada. Ela deixou aberto um pedaço em cima: ali não chovia, e o calor continuava forte.

— Nesse tempo, quando chove, parece que o calor aumenta mais ainda — ela observou.

— É, sim — eu disse.

— Eu vou dar uma olhada no quarto dos meninos: às vezes, quando chove muito, entra água na janela. Senta aí...

Eu me sentei. Acendi um cigarro. Fiquei fumando e olhando a chuva através da vidraça. Chovia para valer, com relâmpagos e trovões. Era o começo das chuvas, e as primeiras são quase sempre assim, tempestuosas.

Pensei como eu faria para ir embora. Lauro viajara no carro deles, e não tinham ainda telefone, para eu poder chamar um táxi; eles telefonavam de um armazém perto, que, àquela hora, estava fechado. Se é, também, que, com toda aquela chuva — e apesar de em cidade do interior isso ser bem mais fácil —, eu encontraria um táxi...

O fato é que eu não estava com ideia de pousar ali. Não que houvesse algo de mais; não havia: eu gostava muito de Rosana e me dava bem com Lauro. Eu só não tinha, com eles, muita liberdade, o que não chegava a ser um problema. E quanto ao convite de Rosana, eu sabia que ele era sincero, pois ela sempre fora muito atenciosa, muito generosa. Eu não queria ficar simplesmente por hábito. E também, talvez, por um pouco de timidez: por maior que seja a minha ligação com um amigo ou parente, prefiro sempre ir para um hotel.

— Está tudo certo — ela disse, voltando.

— Eles estão dormindo?

— Estão; eles são bons para dormir. Eles não dão quase nenhum trabalho.

Ela havia acabado de sentar-se, quando se levantou de novo:

— Trazer mais uma cerveja, né?...

— Tem? — eu perguntei.

— Tem um estoque aí. A gente sempre guarda para o caso de uma visita; ou então para a gente mesmo. O Lauro não é muito de beber; mas eu, se deixasse, acabava com o estoque em pouco tempo.

— Eu seria a mesma coisa.

— Quem sabe a gente acaba com ele hoje, hem?

— Não seria nada mau... — eu disse.

Ela riu.

Foi buscar a cerveja. Seus sapatos, de salto alto, iam descendo os degraus da escada. Ouvi, depois, barulho de garrafas.

Não era meu plano, mas eu até que estava achando bom ali, com aquela chuva lá fora, sentado num sofá macio, fumando e tomando uma cervejinha gelada com uma prima de que eu gostava muito. Além de gostar, Rosana era, de minhas primas, a mais bonita. Ela era muito bonita.

Desde adolescente eu achava. Diria até que desde menino, pois lembro-me de que nessa época eu já a admirava. Rosana era dois anos mais velha que eu: ela estava com trinta.

Ela vinha subindo a escada.

— Demorei?...

— Não.

Ela abriu a garrafa e encheu os copos. Sentou-se. Nós bebemos. A cerveja estava ótima.

— Você não sabe em que eu estava pensando... — eu disse.

— Pensando?

— É.

— Na viagem...

— Não.

— Na chuva...

— Também não.

Ela fez uma cara de quem procura adivinhar.

— Sabe em quê? — eu disse.

— Em quê?

— Você nunca adivinharia...

— Em quê?

— Eu estava pensando em você.

— Em mim? — ela fez uma cara de espanto, curiosidade e riso. — Mas o que você estava pensando?...

— Já vou te dizer...

Peguei meu copo e tomei um gole da cerveja.

— Sabe o quê? — eu disse.

— O quê?

— Eu estava pensando que você é a minha prima mais bonita, apesar do cacófato.

Ela riu, depois fez uma cara fingida de pose.

— É verdade — eu disse; — verdade que eu estava pensando isso e que você é a minha prima mais bonita.

— Guy, você não tinha mais nada para pensar?... — ela disse, meio embaraçada, o que me deixou também um pouco embaraçado. — Acho que essa cerveja já está fazendo efeito...

Eu ri. Devia estar meio vermelho. Eu tinha a sensação de que ela percebera tudo o que eu estivera pensando. Isso, evidentemente, não era possível, mas foi a sensação que eu tive àquela hora.

Para sair do embaraço, continuei falando:

— É verdade, — eu disse. — Sério mesmo: eu estava pensando isso.

— Mas o que você estava pensando? A respeito de quê? Agora você tem de me contar, fiquei curiosa... — ela disse, rindo, mas com algo de sério nos olhos, o que me fez de novo ficar embaraçado.

— Você está achando que é alguma coisa secreta?... — eu perguntei.

— Não sei, uai — ela ergueu os ombros. — Você é que sabe.

Pareceu-me, naquele instante, que íamos entrando num terreno perigoso.

Preferi mudar de tom:

— Não, boba — eu disse; — não tem nada de secreto. Apenas estava eu aqui pensando nas minhas primas e cheguei à conclusão de que você é a mais bonita delas. E é mesmo; o que tem eu dizer isso?

— Não tem nada, uai.

— Pois é.

Ela fumou, olhando para o cigarro.

— Então *thank you very much* pelo elogio — disse.

— E te digo mais — eu continuei: — toda a vida eu achei isso.

— Toda a vida?...

— Você não acredita?

— Acredito...

Eu ri, pelo modo como ela falou.

— Desde menino — eu disse; — desde aqueles tempos em que a gente brincava junto.

— Guy, você está ruim...

— Ruim?

— Nunca te vi falar assim.

— Decerto é o calor...

Ela riu.

— Se eu não te conhecesse — ela disse, — e se você não fosse meu primo, eu até pensaria que isso é uma declaração de amor...

— Será que você me conhece mesmo?

— Será que é mesmo uma declaração de amor?

— Não — eu ri, — não é uma declaração de amor...

O barulho da chuva aumentou, chamando nossa atenção. Ela estava mais forte ainda.

— Puxa, faz tempo que eu não vejo uma chuva assim — comentei.

— Essa está forte mesmo.

De repente a luz se apagou.

— Tinha de acontecer — ela disse.

— Sempre que chove, apaga?

— Quando chove mais forte. Já estava até demorando...

— Volta logo ou fica muito tempo assim?

— Às vezes volta; às vezes demora.

Ficamos um instante em silêncio, no escuro, ouvindo a chuva e os trovões. Os relâmpagos clareavam a sala.

— Que pé d'água!... — eu disse.

A luz voltou.

— Oba! — dissemos juntos, e olhamos, rindo, um para o outro.

— Não pode é falar, senão ela vai embora... — disse Rosana.

Passou mais um pouco; a luz parecia ter novamente se firmado.

Rosana pegou um cigarro. Eu peguei um também. Acendi os dois. Pus mais cerveja nos copos, ficando na garrafa só um restinho.

— Pois é... — ela disse. — Guy, meu primo, me fazendo uma declaração de amor dentro de minha própria casa...

Eu ri.

— Pra você ver... — eu disse. — Já pensou se o Lauro ficasse sabendo?...

— O Lauro? Não gosto nem de pensar.

— "Casal de primos pego em flagrante delito de adultério pelo marido da mulher."

Ela deu uma gargalhada.

— Já pensou uma notícia dessas, quando os meus pais e os seus lessem? — ela disse e deu outra gargalhada, jogando a cabeça para trás, no sofá.

Eu ria também, mas parei; ela continuou, com lágrimas nos olhos.

— É, você disse que eu estava ruim — eu lembrei, — mas acho que você é que está...

— Ai, Guy, seria bom demais... Já pensou? Principalmente sua mãe, quando lesse o jornal...

— Seria engraçado mesmo...

— Seria ótimo...

— E Tia Jandira?

Outra gargalhada; ela não parava de rir.

— Rosana, você está bêbada...

— Ai, Guy... — ela só respondia, rindo, as lágrimas escorrendo.

Então sentou-se direito, enxugou os olhos.

— Seria bom demais, gente...
— Seria sensacional...
— Um escândalo na família...
— Já pensou?...
— Seria demais da conta...

Ela pegou a garrafa.

— Olha... — eu balancei o dedo.
— Deixa de ser bobo, Guy; você acha que eu fico bêbada só com isso?
— Fica, não: você já está.
— Vá à merda, sô.
— Opa; assim é que eu gosto...
— Eu, para ficar bêbada, tenho de beber muito; sua prima aqui não é mole num copo, não.
— E eu, você acha que eu sou?
— Você, eu não sei.
— Você achou que eu já estava bêbado...
— Você me faz uma declaração de amor: o que você queria que eu achasse?
— "Declaração de amor"...
— Não foi, não?... — ela olhou para mim. — Então diga que não foi.
— Digo.
— Que foi ou que não foi?

Peguei meu copo.

— Mas... Sabe, Rosana? Eu tinha de te dizer isso um dia, senão eu ia ficar frustrado para o resto da vida.

— É? Coitadinho...

— Mesmo; eu ia ficar frustrado para o resto da vida. E não é só isso, hem? Há muito mais coisas...

— Muito mais coisas? Nossa... — ela disse, e eu percebi de novo aquele embaraço de antes, apesar de ela procurar mostrar-se à vontade, ou por isso mesmo.

Tomei a cerveja.

— Quais são essas coisas?... — ela perguntou.

— Não — eu respondi; — essas eu não posso dizer.

— Por quê? Tem sacanagem? — e ela deu um começo de gargalhada.

— Você está rindo, mas o negócio é sério.

— Então me conta. Por que você não pode dizer?

— Certas coisas a gente não diz.

— Não? Pois eu acho que a gente pode dizer tudo.

— Você acha mesmo?

— Claro; por que não?

— É, você tem razão. Eu também penso assim.

— Então diz. Não é nenhuma cantada que você vai me dar, é?

— Quem sabe?

— É?

— O que você faria, se fosse?

— O que eu faria?

Ela ficou me olhando; depois disse:

— Não, Guy, você já fez onda demais; agora conte as tais coisas.

— Você não respondeu à minha pergunta.

— Sua pergunta?

Ela tornou a me olhar, e então pôs as mãos na cintura:

— Será que você está mesmo querendo me dar uma cantada?...

— Sabe que eu até que gostaria?

— É?

— É — eu disse. — Mas não tenho coragem.

Ela deu uma gargalhada.

— Ai, Guy, você hoje... Mas e as coisas? Você vai contar ou não vai?

— Vou, eu vou contar, sim...

Houve um silêncio.

— Mas antes eu vou ao banheiro — eu disse, me levantando.

Ela indicou a porta: era uma das que davam para a sala.

Depois que entrei, ouvi Rosana descendo a escada.

Olhei-me no espelho: eu já estava naquela fase da cerveja, que é até agradável, quando há como que uma neblina diante dos olhos, e a gente sente um amargo na boca, e o corpo parece meio flutuante.

Eu não pensei muita coisa. Na verdade, não pensei nada: apenas tive a certeza, enquanto ouvia o barulho da chuva lá fora, de que aquilo iria até o fim; de que eu não me impediria mais de falar, nem ela me pediria que não falasse.

Quando saí do banheiro — Rosana já tinha voltado —, a primeira coisa que vi foram as duas garrafas novas de cerveja na mesa.

— Trouxe duas dessa vez — ela disse. — Agora nós temos de beber.

— Nós beberemos — eu disse.

Ela encheu de novo os copos. Acendemos novos cigarros.

Ela então encostou a cabeça, de lado, no sofá, e olhou para mim:

— Agora conte...

— É difícil, sabe?

— Por quê?

— Você pode não gostar, ou... Sei lá...

— Você disse que eu talvez não te conheça, Guy; e você, será que você me conhece?...

Eu a fitei — fitei seus olhos, seus olhos negros, que me pareceram misteriosos e indevassáveis.

— É — eu disse, — pode ser; talvez eu não te conheça direito também.

Ela olhava para mim.

— Então?... Conte; agora sou eu que estou te pedindo...

— Eu vou contar... — eu disse.

Tomei um gole da cerveja.

— É uma espécie de obsessão, compreende?

— Obsessão?

— Uma obsessão com você.

Ela não disse nada; olhava-me fixamente.

— Isso deve ter começado quando eu era menino, quando a gente brincava junto. Não sei dizer exatamente quando, mas sei que foi nessa época. Lembro que... Mas isso é outra coisa...

— O que é? — ela quis saber.

— Coisa à toa, você não vai lembrar...

— Mas conte. O que é?...

— Você lembra daquele milharal que havia no fundo de sua casa?

— Milharal? Lembro.

— E uma vez que você me chamou lá, você lembra?

— Eu te chamei? — ela fez uma cara de estranheza.

— Você devia ter nove anos.

Ela franziu a testa, procurando lembrar.

Ao contrário do que eu dissera, eu tinha certeza de que ela lembrava daquilo; mas, embora eu esperasse que ela fosse dizer que não, eu não sabia agora se ela estava mentindo ou dizendo a verdade.

— Não, não lembro de nada, não. Te chamei lá, e aí? O que houve?

— Bem — eu disse: — quando nós chegamos lá, você levantou o vestido.

Ela riu, admirada.

— Eu fiz isso?...

— Você não lembra?

— Juro que eu não lembro.

— É engraçado — eu disse. — Mas o mais interessante é o detalhe.

— Que detalhe?

— Você não tinha nada por baixo.

Ela deu uma gargalhada.

— Ai, meu Deus... Mas como eu não lembro de nada disso?...

Eu a observei bem, mas não consegui saber se ela estava dizendo a verdade.

— Pois é — eu disse.

— Essa é boa... — ela disse, rindo.

— Mas não é isso o que eu ia te dizer; o que eu ia te dizer é da adolescência.

— Hum.

— Você sabe como foi a educação lá em casa a respeito de sexo. Na sua também; só que na sua era mais livre, seus pais não eram tão rígidos.

— Até certo ponto — ela disse, soprando a fumaça.

— Os meus eram muito mais. E, depois, entrava também o temperamento: você era extrovertida; eu não, eu era fechado, tímido. Não sei se você lembra disso.

— Lembro que sempre que eu ia à sua casa, você estava fechado lá no quarto.

— Mas de uma coisa você não sabe — eu disse: — que sempre que você chegava, eu saía para te ver.

— É? Você fazia isso?...

— Fazia.

— Pois eu não sabia mesmo — ela disse, com uma expressão divertida; — eu nunca notei isso...

— Você não ia notar: você não me dava muita bola. Você vivia cercada de fãs e namorados.

Ela sorriu.

— Não era assim?...

— Mais ou menos...

— Eu não; todas as minhas atenções se concentravam em você. Sabe? Eu tinha inveja de você.

— Inveja?...

— Engraçado, né? Mas é verdade: eu tinha inveja; inveja porque você podia ver o seu corpo, e eu não. Quando eu estava na sua casa e você ia tomar banho, eu ficava te imaginando lá dentro, você se olhando no espelho; e então... Puxa, eu ficava doido...

Ela sorriu um pouco.

— Era natural que isso acontecesse — eu continuei. — É que, com a educação que eu tive, muito rígida, parece que tudo o que se relacionava a sexo se concentrara em você, porque você era a menina que eu mais via; e, por azar, ou por sorte, você era uma menina muito bacana. Era e, aliás, continua sendo.

— Continua sendo... Como se nada tivesse mudado... Não tenho mais quinze anos, Guy: tenho trinta.

— Eu sei.

— Não sou mais uma adolescente: sou uma mulher; uma mulher casada e mãe de dois filhos.

— Eu sei; claro.

Houve um silêncio meio constrangedor entre nós.

Peguei meu copo.

— Eu te avisei — eu disse; — certas coisas a gente não diz. Não avisei? Mas você insistiu para eu dizer...

— Eu achei bom você dizer.

— Achou? Por quê?

— Não sei — ela disse. — Achei bom.

Outro silêncio.

— E depois? — ela perguntou.

— Depois?

— Depois disso. Você disse que foi na adolescência. E depois? Você foi conhecendo outras meninas, e aí a coisa foi desaparecendo... Ou não desapareceu?

Meu coração batia forte.

— Você quer mesmo saber? — eu perguntei.

— Quero.

— Não desapareceu — eu disse.

Ela pegou o copo de cerveja.

— Quer dizer que eu sou uma espécie de paixão oculta...

— "Uma espécie", você disse bem...

Silêncio de novo.

— Sabe? — eu disse. — Era uma coisa muito profunda para desaparecer. Mesmo com o tempo; afinal de contas, não são tantos anos assim...

Tomei um demorado gole da cerveja.

— Eu sofria com isso — eu disse; — sofria porque isso era para mim uma coisa impossível: nunca aconteceria nada, eu nunca veria aquele corpo que estava ali, quase me encostando, oculto apenas por um pedaço de pano, e, no entanto, mais distante que a Lua. Eu tinha quase raiva de você; raiva porque você tinha aquele corpo. Por outro lado, é engraçado: eu, de algum modo, acreditava que o impossível ainda aconteceria, e é por isso que eu não desistia; como que a gente vai desistir daquilo que a gente mais deseja? De que modo aconteceria, eu não sabia. Acontecia muitas vezes nos sonhos; mas eu acordava, e era pior: aí é que eu via mesmo como era impossível, como aquilo jamais aconteceria, não tinha jeito de acontecer.

Só se fosse por um acaso, por um milagre. A palavra é essa: milagre. Porque te dizer aquilo tudo, eu jamais diria. E, no entanto, estou dizendo agora. É estranho, não é?

Olhei para ela; ela olhava fixo para o chão.

— E quando eu casei? — ela perguntou.

— Quando você casou? Quando você casou, eu pensei: agora acabou mesmo; agora o impossível ficou de fato impossível. Mas, mesmo assim, todas as vezes que eu te encontrava, tudo aquilo voltava, eu sentia tudo de novo: eu era o mesmo adolescente, e você a mesma Rosana, a Rosana sonhada e impossível...

Eu parei de falar. Peguei meu copo e bebi o resto da cerveja.

— Essa é que é a verdade — eu terminei; — por mais estranha que ela pareça...

Ficamos os dois em silêncio.

— E agora? — ela perguntou.

— Agora?

— Agora que estamos aqui.

Não entendi bem o que ela quis dizer, mas meu coração começou a bater forte de novo.

— Você sente as coisas que você disse? — ela perguntou.

— Sinto — eu respondi.

— Tudo o que você disse?

— É.

Houve um silêncio imenso, enorme. Meu coração batia disparado.

— E se o impossível acontecesse? — ela disse, me olhando nos olhos.

Meu rosto latejava, eu não consegui dizer nada.

Ela não falou mais. Ficou em pé à minha frente. Seus olhos me olharam muito, olharam profundamente, como se atravessassem toda a minha vida. E então, devagar, com gestos firmes, ela começou a desabotoar o vestido.

Pinga

Era uma tarde quente de sábado, e os rapazes bebiam no bar.

Um deles apontou para a rua:

— Aquele ali está numa brasa...

Os outros dois olharam: na esquina, um homem sujo, com um saco de papel às costas, segurava-se ao tapume da construção, oscilando, o corpo cai-não cai.

— Completamente chumbado — disse o segundo rapaz, tomando um gole de cerveja.

— Por isso é que eu não gosto de dar esmola pra esse pessoal. Dar esmola pra quê? Pra eles beberem pinga?

— Não são todos — disse o terceiro. — Esse aí, por exemplo: ele trabalha, cata papel. É um trabalho.

— Não sei é como ele está aguentando o saco nessa brasa toda — disse o primeiro.

O homem então deixou cair o saco: o saco escorregou das costas e caiu, espalhando papéis, trapos, um par de sapatos velhos.

— Eu não disse?

— Poxa — disse o segundo, — esse está ruim mesmo, ele deve ter lavado a égua. Quero ver é se ele dá conta de chegar até aqui.

— É...

— Taí: vamos valer uma Brahma? Aposto uma Brahma que ele não chega até aqui. E ainda dou uma colher de chá: em vez de ser até aqui, fica sendo até aquela arvinha ali. Se ele chegar até a arvinha, eu perco. Vamos?

— Até a arvinha? — perguntou o outro, enchendo de novo os copos.

— É; até aquela arvinha ali.

— Até a arvinha eu topo. Uma Brahma, né?

— É, uma Brahma.

— Está feito.

— Você vai entrar pelo cano — disse o terceiro. — Olha lá...

Olharam: o homem escorregava, foi escorregando devagar pelo tapume, até ficar sentado no chão.

— Sacanagem — disse o que topara a aposta, enquanto o outro dava uma gargalhada. — Porra, só falta o filho da mãe resolver deitar ali agora; só falta isso...

Esperaram.

De repente a cabeça do homem tombou. E então o homem foi tombando lentamente, até ficar de borco sobre o chão.

— Puta merda... — disse o que ia perder, enquanto o outro dobrava de rir.

O terceiro havia se calado e observava.

Então levantou-se.

— Aonde você vai? — perguntou o que perdera.

Ele não respondeu; foi andando em direção ao homem. Parou a seu lado. Chamou-o. Agachou-se e pegou-lhe o braço.

Então voltou-se e olhou para os dois.

O que estava rindo parou de rir e o outro se levantou e ficou dizendo nervosamente:

— Ele está dizendo que o cara está morto; não é possível, ele está dizendo que o cara está morto.

À luz do lampião

— Sim, senhor — disse o velho, cumprimentando-os, com um toque no chapéu.

— Vamos sentar, João Tomás — disse Eurico, que estava à mesa, o lampião dando a seu rosto uma cor intensamente avermelhada.

O velho olhou ao redor e foi sentar-se no comprido banco de madeira, encostado à parede de pau a pique da varanda, onde os dois irmãos estavam. O mais novo chegou-se um pouco para o lado — simples gesto de delicadeza, já que havia ali bastante espaço.

O irmão mais velho, que era o administrador da fazenda, trocou um sorriso com Zé Cuité, um empregado, que estava numa cadeira afastada da mesa. Eurico, o gerente da fazenda e dono da casa, percebeu o sorriso dos dois e, meio sorrindo também, olhou para o velho:

— João Tomás! — disse, falando alto, porque o velho era meio surdo. — Nós estávamos falando aqui do caso do avião!

— Avião?... — o velho disse, erguendo as sobrancelhas e virando um pouco a cabeça, pois ouvia melhor de um lado.

— Aquele avião que passou aqui! O do desastre!

— Ah... — o velho disse, sorrindo, e depois baixou os olhos com vergonha.

A mulher de Eurico tinha parado à porta da cozinha. A cozinha ficava um pouco acima do nível do solo. A mulher estava de lado, segurando uma vasilha, entre a claridade do lampião e a claridade mais fraca que vinha de uma lamparina lá dentro. Ela sorria.

— O senhor pensou que era paturi? — perguntou Eurico, meio sério, meio rindo.

— Eu pensei, uai — disse o velho, rindo suavemente. — Eu vi aquele negócio lá no céu, andando pra toda banda e fazendo proeza; aí eu pensei que era paturi...

Os outros todos riram, dessa vez abertamente.

— Se eu não dissesse para ele que era avião, ele ia continuar pensando que era paturi — contou Eurico, em voz mais baixa, que o velho não ouviu, nem parecia preocupado em ouvir.

— Essa é boa — disse o irmão mais novo, gostando do caso.

A mulher desaparecera da porta.

— Você disse que viu, Zé? — perguntou o irmão mais velho, voltando ao ponto em que a conversa fora interrompida.

— Vi, sô; eu estava lá perto e vi tudo. Eu tinha viajado aquele dia para lá. Eu estava indo para a casa do meu irmão, que mora lá, perto do aeroporto, quando o negócio aconteceu. Foi aquele barulhão, depois subiu uma fumaça de toda a altura. Foi um trem feio.

— Ouvi dizer que, na cidade, o avião passou tão baixo, que só com o barulho ele derrubou um sujeito de uma construção — disse Eurico.

— É — disse Zé, — é fato. O sujeito está lá, hospitalizado, em estado grave. É um pedreiro; ele estava num desses andaimes, e aí o avião passou, com aquele barulho, e ele caiu lá de cima. É um prédio alto, não sei quanto andares...

— Um avião desses dá para fazer isso, Doutor? — Eurico, na dúvida, perguntou ao irmão mais velho.

O irmão olhou para o mais novo:

— Você acha que dá? A propulsão?

— Como que chama? — Zé Cuité perguntou educadamente, querendo aprender.

— Propulsão: o que empurra o avião, o que o faz voar.

— Propulsão... — repetiu Zé, devagar, para não esquecer.

— Mas diz que o cara passava baixinho, raspando os prédios — contou Eurico. — Aqui eu vi: ele ia lá em cima, depois despencava e vinha, a gente tinha a impressão de que ele ia cair no rio.

— Tinha mesmo — disse a mulher, aparecendo de novo na porta. — Ele vinha lá de cima, mas vinha que vinha reto, e quando chegava quase no rio, levantava de novo. Eu ficava arrepiada. Nossa Senhora...

— Dava mesmo para pensar que era paturi... — disse Eurico, olhando para o velho, que se mantinha alheio à conversa, de braços cruzados e olhos no chão, recolhido em seus pensamentos.

Os outros sorriram.

— Mas — continuou Eurico, — eu disse, falando comigo: "Ou esse sujeito é muito bom de serviço ou então ele é meio desregulado..." Ouvi dizer que ele era tenente da aeronáutica.

— Uai — disse Zé, — e lá no aeroporto? Precisavam ver: ele ia lá em ciminha e aí vinha, de ponta, mas vinha selado, aquele barulho rasgando o ouvido da gente. Eu pensei: "Esse cara está facilitando..." Aí ele veio de novo, e foi descendo, descendo, até sumir detrás das árvores. Eu disse: "Dessa ele não levanta." Foi a conta: eu nem bem disse isso, foi aquele barulhão e uma fumaceira subindo. Tá doido, sô; foi um trem feio... Um dos motores foi parar a não sei quantos metros de distância; ele ficou pendurado num poste. Foi uma pancada; eu nunca vi coisa igual...

— Diz que a cabeça dele também foi parar longe — comentou a mulher, lá da porta.

— Foi — confirmou Zé; — ela foi parar num cerrado. Só acharam ela três dias depois: já estava tudo comido de formiga.

— Formiga-cabeçuda?... — perguntou o irmão mais novo.

— Diz que ele ainda estava com o cigarro na boca — contou a mulher.

— Cigarro? Não sei — disse Zé. — Isso eu não ouvi dizer, não.

— Ah... — Eurico disse, rindo e olhando para os irmãos, que também riam, discretamente. — Essa agora está meio demais... Como que o sujeito ia ficar com o cigarro depois de uma pancada dessas? Eu acho que não pode nem fumar em avião; não é, Doutor?

— Não pode, não; é proibido.

— Pois é. Esse pessoal inventa cada uma... Cigarro na boca...

A mulher não disse nada; sumiu para dentro.

— Mas a cabeça é fato mesmo — disse Zé Cuité. — Eu digo porque meu irmão ajudou a procurar. Eles foram achar ela lá no meio do cerrado, e já estava tudo comido de formiga.

— E aí fizeram o enterro da cabeça — disse o irmão mais novo.

— Eles fizeram isso? — a mulher perguntou, aparecendo de repente na porta.

— "A família de fulano de tal convida os parentes e as pessoas amigas desta cidade para acompanharem o sepultamento de sua cabeça hoje às..." — continuou o irmão mais novo, diante da cara de riso dos outros.

— Minha Santa Maria... — disse a mulher, desaparecendo outra vez.

O velho sorriu também, sem saber de que falavam. Levou a mão atrás e tirou uma palha do bolso da calça; depois tirou do chaveiro o canivete, abriu-o com um estalinho e começou a preparar a palha para o cigarro.

— E a moça que estava lá no aeroporto? — disse Zé. — Vocês decerto souberam, né?

— Eu soube — disse Eurico.

— Eu não soube, não — disse o irmão mais velho. — O que houve?

— Uma moça que estava lá, na hora — disse Zé; — ela estava lá fora, e, na hora do desastre, uma asa espirrou com tanta força que rancou uma perna dela.

— Não é uma, não — disse a mulher aparecendo de repente na porta, a atenção de todos voltando-se para ela: — rancou as duas.

— As duas? Pois eu pensava que fosse uma só — disse Zé.

— Não é, não — disse a mulher: — rancou as duas; ela ficou sem as duas pernas. Diz que é uma moça muito bonita; ouvi dizer. Ouvi dizer também que ela agora vai usar aquelas pernas... Como que chama?...

— Transplante? — perguntou Zé, querendo mostrar que conhecia as coisas.

— Deve ser perna mecânica — disse o irmão mais velho.

— Isso — a mulher disse; — foi isso mesmo que eu ouvi eles dizerem: perna mecânica. Foi esse trem mesmo. Isso dá bem para a pessoa andar, Doutor?

— Acho que dá; não sei.

— Credo — disse a mulher; — não gosto nem de pensar...

Ela sumiu de novo para dentro.

— É... — disse Eurico. — É um troço meio danado, sô... Já pensou? A gente está lá, andando despreocupado, e de repente vem uma asa de avião e te corta as duas pernas?

— Não deve ser nada bom — concordou o irmão mais velho.

O velho enrolava tranquilamente o cigarro. Deu uma lambida na palha, para grudar. Pôs o cigarro na boca e rolou-o algumas vezes entre os lábios. Então tirou uma binga do bolsinho da calça, fez a chama e, em baforadas de fumaça, acendeu o cigarro. Olhou a ponta: estava bem acesa. Levantou-se, então, e deu uma cuspida no escuro do terreno. Voltou. Sentou-se, e, segurando o cigarro, continuou calado, os olhos absortos no chão, ausente da conversa.

— E aquele desastre de carro há pouco tempo? — disse Zé.

— Qual? — perguntou Eurico.

— O do Volks, aquela família.

— É, esse é que foi feio mesmo — disse Eurico.

— Você soube, né, Doutor?

— Eu li no jornal.

— Eu também li — disse o irmão mais novo.

— Meu primo foi lá ver — contou Zé. — Ele disse que foi um negócio... Não tinha nem jeito de dizer... Diz que o carro e as pessoas viraram uma coisa só: ficou aquela prensa entre o Fenemê e o ônibus; ali o sujeito não sabia o que era ferro e o que era gente.

— Santa Maria!... — disse a mulher, na porta de novo. — Era uma família, né?

— Era, uma família inteira: os pais e cinco filhos. Não sobrou um.

— Morreu o chofer do Fenemê também — disse a mulher.

— Morreu — disse Zé; — mas não foi na hora, não: ele ainda viveu alguns minutos. Diz que o rosto dele ficou partido no meio e, mesmo assim, ele ainda continuava vivo. Diz que a cada vez que ele respirava vinha aquela golfada de sangue na boca, no nariz e nos ouvidos. O chão ficou aquela sangueira. Dias depois ainda tinha sinal de sangue no asfalto.

— Santa Maria! — disse a mulher.

— Mas o pior de tudo foi o chofer do ônibus — disse Zé.

— Ele morreu também — disse a mulher.

— O chofer do ônibus? Não; ele não morreu, não.

— Ouvi dizer que morreram os dois.

— Não, o chofer do ônibus não; o que aconteceu é que ele ficou preso nas ferragens, e aí eles tiveram de serrar o braço dele.

— Serrar? — disse a mulher, horrorizada.

— Foi o jeito; se eles não serrassem, não tinha jeito dele sair, e aí ele acabava morrendo por esgotamento de sangue. Diz que o sujeito gemia e gritava a toda a altura, pedindo pelo amor de Deus que tirassem ele dali. Foi uma coisa horrível. Eles pelejaram, mas o jeito acabou sendo mesmo serrar o braço dele.

— Santa Mãe de Deus! — disse a mulher. — E eles serraram?

— Serraram, uai; qual era o jeito?

— Virgem Maria!... Serraram com o quê?

— Com serrote.

— Serrote?...

— Não é, não — interferiu o irmão mais velho; — eles têm uma serrinha própria para isso, os médicos.

— Ouvi dizer que eles têm mesmo — disse Zé; — mas esse foi com serrote. É que o lugar na estrada era longe, e se eles demorassem mais, o sujeito morria; aí eles pegaram o serrote de um fazendeiro lá perto e serraram.

— Deus me proteja! — disse a mulher.

— Foi o jeito. E valeu, porque o sujeito se salvou. Se não fosse isso... Em compensação, ele ficou sem o braço; ele nunca mais vai poder guiar.

— É... — disse Eurico.

— Agora diz que ele está quase bom. Só que dá uns repuxões e de vez em quando ele perde o equilíbrio e quase cai na rua. Eu não sabia que braço faz isso com a gente. Diz que ele às vezes fica assim, parado, olhando triste para o cotó: saudade do braço...

O velho fumava, olhando agora para a luz do lampião, que projetava sombras nas paredes da varanda.

Ao redor da casa a noite se estendia, silenciosa e vasta, sob o céu escuro de agosto. Havia no ar um cheiro acre de capim seco.

A mulher veio da cozinha com um forro e arrumou a mesa, observada pelos homens, que agora estavam em silêncio.

E em silêncio eles continuaram, mesmo depois de sentarem-se à mesa e começarem a comer.

Ipês-amarelos

Estava contente porque era a primeira vez que podia pensar com calma em tudo. Fazia um mês, e ele se lembrava de como fora o fim. Não foi nada de mais. Não houve discussões nem cenas. Nenhum dos dois era disso. Ele detestava teatro. Detestava os gestos e as frases melodramáticas. Queria que tudo fosse sempre digno e simples. E com eles tinha sido. Era até estranho pensar naquilo como tendo acabado. Fora tão natural e tão breve. Era difícil pensar que tinha mesmo acabado.

Fora debaixo do ipê-amarelo, numa fria manhã de junho, que acontecera. Ele ia viajar, e ela então perguntou se ele escreveria. Ele não respondeu logo. Sentiu que era naquele instante que estava acabando. Respondeu que talvez. Depois disse que achava que não e que pensava que era melhor assim. Ela não disse nada. Ela não fez mais perguntas.

Fora também debaixo do ipê que uma vez ele dissera a ela que um de seus maiores sonhos era ter um dia uma floresta de ipês-amarelos. Nessa época o ipê estava florido. Ela então perguntou se ele gostava de ipê-roxo também, e ele disse que não, porque roxo era cor de caixão. Ela riu. Quando ria, seus olhos se apertavam, e ele a achava linda.

Depois disso ainda riram muitas vezes ao falar das árvores de que cada um gostava e de que não gostava. Era uma manhã de setembro, muito clara, e os dois estavam alegres. Nessa época ele estava completamente apaixonado por ela e pensava nela o tempo todo e nas coisas que fariam juntos no futuro.

Mas esse futuro não chegou a acontecer. Sem saber por quê, começou a cansar-se dela. Não era bem cansaço. Era uma coisa mais profunda e obscura. Não sabia direito o que era. Só sabia que não a queria mais. Não queria. Não queria mais vê-la. Não queria mais pensar nela. Não queria que ela o procurasse mais. Queria que aquilo acabasse. Não sabia por quê. Só sabia que queria que aquilo acabasse.

E então acabara. Era estranho vê-la indo embora e pensar que tinha mesmo acabado. Era esquisito. Não conseguia pensar naquilo direito. Não conseguia pensar no fim de todas aquelas coisas que tinha havido entre eles. Ela talvez não estivesse pensando assim. Podia estar pensando que, mesmo não escrevendo, ele voltaria. Mas ela não fez mais perguntas. Ela não disse mais nada.

Agora fazia um mês, e ele continuava pensando nela. Talvez nunca pudesse esquecê-la. Mas já não sofria com isso. Alguma coisa havia mudado nesse tempo. Alguma coisa havia se passado dentro dele. Podia agora pensar com calma em tudo. Era a primeira vez que isso acontecia, e ele estava contente.

Não sabia se continuaria assim. Gostava dela ainda. De certa forma, isso não acabaria. Pelo menos durante certo tempo. Não era uma coisa que pudesse acabar assim, de repente. Mas o importante era que não sentisse falta dela, que pensar nela não lhe desse aquele aperto no coração.

Era isso o que tinha descoberto e que começava a conseguir agora. Não tinha importância que continuasse gostando dela ou que não pudesse esquecê-la. O importante era não sentir falta dela, e era isso o que começava a acontecer com ele. Se isso acontecesse, o resto iria bem. E se acontecesse por bastante tempo, podia ser até que chegasse um dia em que ele a teria completamente esquecido.

Um rapaz chamado Ismael

Era começo de junho, e o frio tinha vindo para valer. Àquela noite, então, a temperatura havia baixado mais ainda. Olhando para a rua lá fora — a garoa caindo e as pessoas passando agasalhadas —, a vontade que eu tinha era a de continuar ali, no bar, noite adentro, tomando vinho e conversando. Mas não era sábado: era uma plena quarta-feira, e para nós, do jornal, o trabalho havia apenas começado. Fôramos ali só para jantar.

Tínhamos comido uma macarronada e acabáramos a garrafa de vinho. Bruno, meu companheiro, era o redator-chefe do jornal. Ele não sentia tanto frio: vestia só uma blusa de lã. Eu estava com duas e ainda, por cima, o paletó. Mas Bruno já estava havia muito tempo em São Paulo e de certo modo se acostumara com o frio. Eu, só de olhar para lá fora, já começava a tremer. Esfregava as mãos como um desesperado, e, a cada vez que fazia isso, Bruno ria.

— Não tem jeito, não — eu disse; — o negócio é pedir mais uma garrafa de vinho...

Ele olhou as horas. Eu também olhei: era cedo ainda, sete e pouco.

— Ok — ele disse: — sugestão aprovada.

Pedimos o vinho. Tomei de cara um bom gole. Não demorou, senti a reação: um calor gostoso se espalhando pelo corpo.

— É uma maravilha esse vinho — eu disse.

— Acabou o frio? — Bruno me perguntou, sempre com aquela cara de riso.

— Acabar, não acabou — eu respondi, rindo também; — mas melhorou bastante...

Estivéramos quase todo o jantar conversando sobre o jornal, e Bruno me falara dos vários tipos que haviam passado pela redação. Como tínhamos aquela nova garrafa de vinho e ainda algum tempo, perguntei-lhe se não se lembrava de mais algum caso. Bruno, aliás, adorava contar aqueles casos...

Ele pensou um pouco e me perguntou se Donaldo — Donaldo era o nosso secretário de redação — não havia me falado num rapaz chamado Ismael. Eu disse que não.

— Foi o Donaldo que o trouxe para o jornal — Bruno contou. — Donaldo me arranja os tipos mais estranhos. É a especialidade dele: arranjar gente estranha para o jornal. Me arranja os tipos mais malucos. Toda vez que ele me diz que arranjou para o jornal um sujeito com "excelentes possibilidades", eu já fico de orelha em pé: "Mais um louco", penso. Ismael não foi o primeiro nem o último deles; mas não há dúvida de que foi um dos mais curiosos...

Tomei mais um gole de vinho. Acendi um cigarro.

— Ismael veio de uma cidadezinha de Minas. É... Esqueci o nome agora... Bom, mas isso não tem importância: o que importa é que ele veio parar aqui, em São Paulo, para tentar a sorte grande, como tantos outros jovens vindos de diversas partes do Brasil...

— Hum...

— Bem, um dia, quando eu entro na redação, o Donaldo me grita, lá da mesa dele: "Bruno! Eu tenho um negócio muito importante para falar com você!" Eu disse a ele que aparecesse depois na minha sala. Ele apareceu. Eu perguntei o que era. Você já sabe: era o rapaz... Donaldo me disse que tinha arranjado para o jornal um rapaz com "excelentes possibilidades". Como nessa época eu ainda não conhecia direito o Donaldo, nem os tais caras com "excelentes possibilidades", eu fiquei muito interessado. E, depois, o jornal estava numa época difícil, faltava gente, precisávamos urgentemente de novos repórteres e cópis...

Bruno abanou a cabeça, rindo:

— Estou pensando: Donaldo é um sujeito único... Honestamente: eu nunca encontrei um cara como ele. É uma figura... O pior é que eu não consigo saber se ele é um gênio ou um completo louco...

— Deve ser um pouco de cada — eu disse.

— É, deve ser isso... Pra você ver: a primeira coisa que eu perguntei a ele esse dia foi o que todo redator-chefe normalmente pergunta: em que jornal que o rapaz tinha trabalhado antes. Pois sabe qual foi a resposta?... Que o rapaz nunca tinha trabalhado em jornal...

Eu ri.

— Você está achando que é brincadeira? Foi exatamente essa a resposta que ele me deu. Mas não, ele foi logo dizendo, isso não é problema, eu não precisava me preocupar. "Você é um louco, Donaldo!" "Acalme-se, Bruno; deixe tudo por minha conta." É, deixe tudo por minha conta; mas depois quem levava na cabeça era o redator-chefe, era eu... "Bruno", Donaldo disse, me olhando todo sério, "eu já te arranjei algum cara que não desse certo?" De fato, os caras que ele tinha me arranjado até essa época tinham todos dado certo, isso eu não podia negar; só que depois foi muito diferente...

Tomei mais um gole de vinho.

— Bom — continuou Bruno, — o Donaldo acabou me convencendo: me disse que o rapaz não tinha trabalhado em jornal, mas sabia escrever bem, tinha bom domínio da língua, era inteligente, aplicado, levava as coisas muito a sério... E outra coisa, disse Donaldo: o rapaz tinha vindo de longe e não tinha nenhum emprego, nem uma pessoa para ajudá-lo. Foi esse dia que eu comecei a perceber que o Donaldo era uma espécie de São Vicente de Paulo dos jovens desempregados de São Paulo...

Eu ri.

— Sem emprego... E que tinha o jornal a ver com isso? Se for assim... "Quando você traz o rapaz?", eu perguntei. "Amanhã mesmo, se você quiser." "Está bem", eu disse, "amanhã você traz."

Bruno pôs mais vinho nos copos. Tomou um gole devagar, degustando.

— Bom — ele prosseguiu, — no dia seguinte aparece o Donaldo com o rapaz. Sabe? Quando eles entraram na sala, o que me deu vontade de perguntar foi: "Donaldo, você trouxe o seu neto; mas e o rapaz?"

— Por quê?

— Porque era um menino que estava ali!

— Menino? Quantos anos ele tinha? — eu perguntei.

— Tinha dezesseis; mas parecia ter menos ainda: parecia ter uns doze ou treze, no máximo. Me deu vontade de rir; vontade de pôr o menino no colo e dizer: "Bilu, bilu, gacinha, qué sê jonalista, é?..."

Eu ri.

— Mas isso foi só um momento — disse Bruno, — foi só no instante em que eles entraram. Na mesma hora a minha impressão mudou.

— O que houve?

— Não sei bem como dizer; a seriedade do menino, a expressão dos olhos dele... Ele era "mortalmente sério". Ele não sorriu uma vez; nem na hora de me cumprimentar. Que seriedade... Isso me impressionou; até hoje me impressiona. Mas não foi só isso; é que havia nele uma espécie de força oculta, de... Não sei. Sabe, o que eu senti é que aquele menino tinha qualquer coisa de excepcional. Eu tinha certeza. Eu fiquei tão impressionado, que por um instante cheguei até a me esquecer do aspecto físico dele.

— Como que ele era? — eu perguntei.

— Era bonitinho. Como eu te disse: parecia um menino de doze ou treze anos. Era magro e miudinho. Mas tinha um rosto bonito, de traços bem feitos. Era loiro, o cabelo liso e quase sempre mal penteado; ele não ligava muito para as aparências. Mas esse dia ele estava arrumadinho. Me lembro bem do cabelo: ainda meio molhado, brilhantina, partido certinho; parecia um menino que a mãe acabou de pentear para ir à escola. Lembrei de mim, àquela hora: meus dezesseis anos, brilhantina no cabelo, muito sério, chegando também aqui em busca de emprego, o sonho da cidade grande, o primeiro dia no jornal... Lembrei de muita coisa... Havia muita semelhança entre mim e o menino. E diferenças também, como eu depois veria: ele tinha mais talento do que eu tivera na idade dele; e era bem mais obstinado. Bem mais...

Bruno pegou um cigarro e acendeu-o. Ficou um breve instante calado, olhando para a rua.

— Enfim: eu aceitei o menino. E foi bom. No começo, foi ótimo. Foi muito mais do que qualquer coisa que a gente pudesse ter imaginado. Ele não apenas progrediu: ele progrediu com uma rapidez incrível. O que outros levavam meses para aprender, às vezes até anos, ele aprendeu em dias, ou mesmo em horas; era impressionante.

— Hum.

— Mas, também, precisava ver como ele era. Eu nunca vi um foca assim. Tudo para ele parecia ser uma questão de vida ou morte; qualquer coisa, ele se entregava de corpo e alma, com aquela mesma seriedade que eu vira no primeiro dia. O Donaldo, não preciso dizer como ele estava e como o prestígio dele comigo crescera... Não tive dúvida, aqueles dias, de que ele era realmente um gênio em matéria de percepção. Pensávamos, então, a mesma coisa: que, com mais algum tempo, Ismael seria o repórter número um do jornal e certamente um dos melhores do Brasil; e isso naquela idade, já pensou?

— E ele? — eu perguntei.

— Ele?

— O que ele dizia?

Bruno riu:

— Ele não dizia nada.

— Nada? Como?...

— Nada; nem uma palavra.

— Estranho...

— Era estranho mesmo. Mas era assim. Nem uma palavra. Até puseram apelido nele, na redação, de Mudinho. Foi o cara mais silencioso que eu já vi na minha vida. Eu nunca soube nada a respeito dele. Ele nunca bateu um papo comigo. A não ser no dia, o célebre dia...

— O que houve esse dia?

— Eu vou contar... Eu vou te contar... — e Bruno tomou lentamente um gole de vinho. — Foi uma tarde. Eu estava lá, na minha sala. Então bateram à porta. Eu mandei entrar. Era ele, Ismael. "Como é, Ismael?", eu disse. Mandei-o sentar-se, mas ele disse que era só um minutinho. "O que você deseja?", eu perguntei. "Eu quero falar com o Doutor Maia", ele disse. "O Doutor Maia é meio difícil", eu disse; "só quando é um assunto muito importante. É importante o que você tem para falar com ele?" "É", ele disse. "Você não pode falar comigo mesmo? Eu transmito a ele." Ele ficou calado, depois disse: "Eu vou sair do jornal." "Sair do jornal?", eu estranhei. "Mas por quê? O que houve? Aconteceu alguma coisa?" "Não", ele disse. "Mas por que então? Você está descontente com algo?" "Estou", ele disse. "Com o quê?", eu perguntei. "Eu pensava que fosse diferente", ele disse. "Diferente? O jornal?" "É." "Como?" Eu não estava entendendo; mas ele então explicou: é que ele não queria trabalhar numa coisa que era mentira. "O jornal é mentira?", eu perguntei. "É", ele respondeu. "Por que é mentira?", eu perguntei. Porque o jornal não dizia tudo, ele explicou, e porque o jornal dizia uma porção de coisas que não eram exatamente a verdade.

— Hum...

— "Ismael", eu disse, "você sabia que todo jornal tem uma determinada linha de pensamento e ação, e que certas coisas não se podem dizer?" "Um jornal devia dizer tudo e dizer só a verdade", ele disse; "as pessoas leem e acreditam, a gente não devia mentir para elas." Essa palavra, mentir, me irritou: "Escuta, meu filho", eu disse, "você não sabia que todo jornal é assim, seja aqui ou nos Estados Unidos ou na Cochichina? Que não existe jornal que não seja desse jeito? Você não sabia disso?" Ele não respondeu. "Pois é assim", eu disse, "seja em que parte do mundo for. E não adianta você achar ruim, não adianta eu achar ruim, não adianta ninguém achar ruim. É assim, sempre foi assim e tudo leva a crer que continuará sendo assim." Eu disse tudo isso a ele e mais uma porção de coisas.

— E ele?

— Ele ficou calado, ouvindo. "Então", eu disse: "você prefere pensar de novo no assunto e deixar para me dar depois uma resposta?..." "Não", ele disse. "Você quer mesmo sair?" "Quero", ele disse. "Ismael", eu disse, "você está sabendo que nós estamos gostando muito de seu trabalho e que nós te vemos aqui como o repórter de mais futuro no jornal? Você está sabendo que nós decidimos te contratar e que você vai começar ganhando de cara dois mil?"

— Dois mil?...

— É. É o que nós íamos pagar a ele: dois mil. "Você não acha que é um bom ordenado?", eu perguntei. "Acho", ele respondeu. "E, mesmo assim, você prefere sair?" "Prefiro." Essa hora eu perdi as estribeiras; levantei-me da cadeira e disse: "Meu filho, você sabe o que você está fazendo? Você tem consciência do que você está fazendo? Você sabe o que é um emprego como esse? Sabe o que é a vida em São Paulo? Você sabe que há milhares de jovens na sua idade que dariam tudo para estar agora num emprego como esse, ganhando esse dinheiro? Você sabe de tudo isso? Já refletiu sobre essas coisas?"

— E ele?

— Ele não disse nada. Eu vi que era inútil, nada do que eu dissesse ali adiantaria: o menino era um cabeça-dura...

— Hum...

— "Está bem", eu encerrei; "amanhã você passa aqui. Eu vou mandar preparar um cheque para você." Ele passou; no dia seguinte ele voltou à minha sala. Eu dei o cheque para ele. "Você já tem alguma coisa para trabalhar?", eu quis saber. Ele disse que não. "E como você vai se aguentar quando esse dinheiro acabar?" "Não sei", ele disse. Eu tive vontade de dar um puxão de orelha nele. "Se você precisar de alguma coisa nesse tempo, você me procura", eu disse; "e se você resolver voltar para o jornal, as portas continuam abertas." Ele me agradeceu e foi embora.

— Ele não voltou...

— Não... — disse Bruno, — ele não voltou... O menino tinha opinião...

— E o Donaldo?

— O Donaldo aqueles dias estava viajando; mas, mesmo que ele estivesse aqui, isso não adiantaria nada. Ninguém ia fazer o menino mudar de ideia; nem Deus... Quando o Donaldo chegou, eu contei a ele. E então eu disse: "Olha, Donaldo, da próxima vez que você arranjar para o jornal alguém com 'excelentes possibilidades', em vez de trazê-lo para aqui, você o pega e enfia naquele lugar. Tá?..."

Eu ri.

Bruno olhou o relógio:

— Vamos indo? Está na hora de começar o batente...

— É... — eu concordei.

Pedimos ao garçom que trouxesse a conta.

Enquanto esperávamos, perguntei a Bruno se ele não tornara a ver Ismael.

— Não — ele disse, — eu não. Mas o Donaldo viu. Não foi muito tempo depois disso. Uma madrugada, ao voltar para casa, o Donaldo deu com ele na rua. Me disse que o menino estava de dar pena: tinha emagrecido mais ainda e estava com "uma cara de quem não come há dias". O Donaldo ficou penalizado. Perguntou o que ele andava fazendo depois que saíra do jornal; ele embrulhou, disse que trabalhava num bairro e não sei mais o quê, contou lá umas coisas. "Você não quer voltar para o jornal?", o Donaldo perguntou. "Se você quiser voltar, eu te arranjo lugar agora, neste instante." Preciso dizer qual foi a resposta dele?...

O garçom chegou com a conta; nós partimos a despesa. Deixamos a gorjeta, levantamo-nos e saímos.

Fora, o frio estava forte, e a garoa continuava; mas o vinho me aquecera, e eu agora me sentia bem.

— Já vi de tudo nessa redação, meu caro, já vi de tudo — ia me dizendo Bruno, enquanto caminhávamos para o jornal.

O fim de tudo

Saíam de madrugada, com a cidade ainda dormindo, e voltavam já de noitinha. Ele e mais dois companheiros. Iam de bicicleta, às vezes até a pé; conversando e brincando, eles nem sentiam a distância.

Nesse tempo a estrada ainda era de terra e tinha pouco movimento. Havia muitas matas por perto, e sempre apareciam bichos: veados, macacos, gatos-do-mato, cobras, coelhos, perdizes, codornas, tucanos... Era difícil a vez em que não viam algum bicho. E tudo os divertia feito loucos.

O rio ficava logo atrás de uma grande mata de eucaliptos. Caminhando por entre os troncos, pisando no capim macio, sentiam o cheiro bom de eucalipto e ouviam os passarinhos cantando nas folhagens.

Pouco antes da mata, havia uma vendinha e duas casas de moradores. A vendinha continuava ali e parecia não ter sido retocada nem uma só vez naqueles dez anos: era a mesma daquele tempo, apenas mais velha e estragada. Mas as casas agora eram muitas, quase uma pequena vila. E da mata restavam somente umas poucas árvores.

A margem do rio era de uma areia branquinha. Sentavam-se nela para comer o lanche. Se o sol estava muito quente, iam para a sombra fresca de um eucalipto.

O engraçado é que, na sua memória, as águas do rio estavam sempre verdes e límpidas. Mas, na realidade, não era assim: na época das chuvas as águas sujavam-se e ficavam quase vermelhas. De qualquer modo, nunca as tinha visto como agora, com aquela cor amarelada e fosca, uma cor pestilenta. Quando chegou e viu o rio assim, teve um sentimento de espanto e, depois, de revolta: o que tinham feito dele! Mas não era só o rio: e a areia e todos aqueles eucaliptos?

E os peixes? Onde estavam os peixes? Havia duas horas que se achava ali, ao sol, e só tinha pegado um pobre lambari, que certamente se extraviara. Naquele tempo, enchiam os embornais: eram piaus à vontade, bagres, mandis, às vezes tubaranas, e até mesmo dourados. Nos dias piores, o menos que pegavam eram dúzias de lambaris. Que havia sido feito de toda aquela riqueza?

Só lembrava de uma vez em que não tinham pegado nada: é que havia chovido muito na véspera e o rio estava cheio. Mas nem por isso deixaram de se divertir: juntaram o dinheiro que tinham, foram à vendinha e gastaram tudo em cervejas, que levaram para a beira do rio. Sentados na areia — era um dia de sol encoberto —, ficaram bebendo e contando piadas. Depois rancaram as hastes de uma touceira de capim e brincaram de jogar flechas, gritando feito índios. Já estavam meio bêbados e, ao correrem, acabavam caindo e rolando na areia — naquele mesmo lugar onde havia agora aquela areia rala e suja, com cacos de vidro, latas, papel, tocos de cigarro e camisinhas de vênus.

Nada mais restava do que era bom naquele tempo. Nem mesmo o barulho das águas do rio: estas pareciam ter-se silenciado diante do som rouco e resfolegante da fábrica, cujas chaminés apareciam no horizonte, como canhões apontados para o céu.

Sentia revolta e pena; pena da natureza, pena do rio e das árvores, dos peixes e dos pássaros. De uma próxima vez que voltasse ali, certamente não encontraria mais nenhuma árvore, nenhum peixe, nenhum pássaro, nenhuma areia, e aquele rio teria, talvez, se transformado em simples condutor de detritos.

Tirou o anzol da água. Nem uma puxada. Não havia peixe ali, era inútil insistir. Poria uma nova isca e tentaria pela última vez: se dentro de quinze minutos não aparecesse nada, ele pegaria suas coisas e iria embora. E nunca mais voltaria.

Ao virar-se para colocar a isca, viu um homem que chegava. Era um velho, de chapéu e roupas simples.

— Pegou muita coisa? — perguntou o velho.
— Nada.
— Nada?
— Só um lambari.
— Essa época não é boa.
— É a melhor época do ano.
— É? — disse o velho. — Eu não entendo muito de pesca...

Ele acabou de colocar a isca e voltou para a margem.

O velho foi também. Ficou em silêncio, olhando para onde a linha desaparecia, esperando que de repente ela fosse puxada e corresse e a vara se envergasse. Mas isso não aconteceu.

Ele tirou de novo o anzol e olhou a isca: a minhoca mexia, viva ainda, sem ter sido tocada.

— Nada? — perguntou o velho.

Ele abanou a cabeça:

— Nada. Não existe mais peixe aqui.
— Talvez se o senhor tentasse mais para baixo...
— Eu já tentei; está tudo a mesma coisa.

O velho se agachara e fumava, olhando para o rio.

— De vez em quando aparece um pescador aqui — contou.

— Eles pegam alguma coisa?
— Pouca. Acho que aqui não é muito bom para pescar.
— Já foi; já peguei muito peixe aqui.
— É?...
— É; já peguei muito peixe.
— Eu não sou daqui — explicou o velho; — estou aqui há pouco tempo.
— O senhor trabalha na fábrica?
— Não. Meu filho é dono de um mercadinho na cidade. Eu faço umas coisinhas. Na minha idade, a gente já não pode fazer muita coisa.
— O senhor não gosta de pescar?
— Eu pescava, quando era menino. Parece que naquele tempo tinha mais lugar para pescar.
— Eles estão acabando com tudo.
— O senhor acha que aqui é por causa da fábrica?

Ele ergueu os ombros.

— Sabe — o velho contou, — quando eles começaram a funcionar, a gente via muito peixe morto na margem do rio; alguns deste tamanho... A gente tinha até a tentação de comer, mas era perigoso porque os peixes morriam envenenados. A fábrica despeja um óleo no rio que é igual a veneno, não sei se o senhor sabe. Quem me explicou foi um sujeito que esteve aqui. Sei que a gente via muito peixe morto. Mas isso foi no começo; agora a gente não vê mais.

— Porque não há mais peixe.
— Será?
As chaminés da fábrica começaram a soltar rolos de fumaça.
— Os fornos estão funcionando — explicou o velho.
Rolos cada vez mais grossos e negros subiam com força ao céu e iam se espalhando, de forma lenta e sombria, como nuvens de morte.
Um apito agudo irrompeu, varando o ar como um punhal.
— Adeus, vida — ele disse.
Puxou o anzol da água, tirou a isca e foi enrolando a linha na vara.
— O senhor já vai? — perguntou o velho, meio espantado; — talvez mais tarde melhore.
— Não vai melhorar: nem mais tarde, nem nunca mais.
Ele foi até uma pedra que havia na margem do rio e retirou da água o viveiro: dentro, sozinho, um pequeno lambari saltava. Enfiou a mão e pegou-o; sentiu o contato frio do peixe com sua mão, aquela sensação que conhecia desde a infância e de que talvez um dia se recordasse como de algo que não existia mais.
Levou a mão atrás e atirou com toda a força o peixe no meio do rio:
— Vai embora, vai para bem longe, para onde ainda não chegou a loucura do homem.

O velho já estava de pé e o observava com curiosidade.

Ele acabou de arranjar as coisas.

— Tenho um cafezinho lá em casa — disse o velho; — o senhor não quer ir lá tomar? É aqui perto.

— Não, obrigado; eu preciso ir.

— O senhor daria muito prazer a mim e à minha mulher.

— Fica para uma outra vez — ele disse.

Mas não haveria outra vez, pois ele nunca mais voltaria ali.

Pendurou o embornal no ombro, pegou a vara, o viveiro, e despediu-se do velho.

— Talvez nas chuvas os peixes apareçam — disse o velho.

— É — disse ele.

Autor e Obras

Luiz Vilela nasceu em Ituiutaba, Minas Gerais, em 31 de dezembro de 1942, sétimo e último filho de um engenheiro-agrônomo e de uma normalista. Fez o curso primário e o ginasial no Ginásio São José, dos padres estigmatinos.

Criado numa família em que todos liam muito e numa casa onde "havia livros por toda parte", segundo ele conta em entrevista a Edla van Steen (*Viver & Escrever*), era natural que, embora tendo uma infância igual à de qualquer outro menino do interior, ele desde cedo mostrasse interesse pelos livros.

Esse interesse foi só crescendo com o tempo, e um dia, em 1956 — ano em que um meteoro riscou os céus da cidade, deixando um rastro de fumaça —, Luiz Vilela, com 13 anos de idade, começou a escrever e, logo em seguida, a publicar, num jornal de estudantes, *A Voz dos Estudantes*. Aos 14, publicou pela primeira vez um conto, num jornal da cidade, o *Correio do Pontal*.

Aos 15 anos foi para Belo Horizonte, onde fez o curso clássico, no Colégio Marconi, e de onde passou a enviar, semanalmente, uma crônica para o jornal *Folha de Ituiutaba*. Entrou, depois, para a Faculdade de Filosofia, Ciências e Letras, da Universidade de Minas Gerais (U.M.G.), atual Universidade Federal de Minas Gerais (UFMG), formando-se em Filosofia. Publicou contos na "página dos novos" do *Suplemento Dominical* do *Estado de Minas* e ganhou, por duas vezes, um concurso de contos do *Correio de Minas*.

Aos 22, com outros jovens escritores mineiros, criou uma revista só de contos, *Estória*, e logo depois um jornal literário de vanguarda, *Texto*. Essas publicações, que, na falta de apoio financeiro, eram pagas pelos próprios autores, marcaram época, e sua repercussão não só ultrapassou os muros da província, como ainda chegou ao exterior. Nos Estados Unidos, a *Small Press Review* afirmou, na ocasião, que *Estória* era "a melhor publicação literária do continente sul-americano". Vilela criou também, com outros, nesse mesmo período, a *Revista Literária*, da U.M.G.

Em 1967, aos 24 anos, depois de se ver recusado por vários editores, Luiz Vilela publicou, à própria custa, em edição graficamente modesta e de apenas mil exemplares, seu primeiro livro, de contos, *Tremor de Terra*. Mandou-o então para um concurso literário em Brasília, e o livro ganhou o Prêmio Nacional de Ficção, disputado com 250 escritores, entre os quais diversos monstros sagrados da literatura brasileira, como Mário Palmério e Osman Lins. José Condé, que também concorria e estava presente ao anúncio do prêmio, feito no encerramento da Semana Nacional do Escritor, que se realizava todo ano na capital federal, levantou-se, acusou a comissão julgadora de fazer "molecagem" e se retirou da sala. Outro escritor, José Geraldo Vieira, também inconformado com o resultado e que estava tão certo de ganhar o prêmio, que já levara o discurso de agradecimento, perguntou à comissão julgadora se aquele concurso era destinado a "aposentar autores de obra feita e premiar meninos saídos da creche". Comentando mais tarde o acontecimento em seu livro *Situações da Ficção Brasileira*, Fausto Cunha, que fizera parte da comissão julgadora, disse: "Os mais novos empurram implacavelmente os mais velhos para a história ou para o lixo."

Tremor foi, logo a seguir, reeditado por uma editora do Rio, e Luiz Vilela se tornou conhecido em todo o Brasil, sendo saudado como A Revelação Literária do Ano. "A crítica mais consciente não lhe regateou elogios", lembraria depois Assis Brasil, em seu livro *A Nova Literatura*, e Fábio Lucas, em outro livro, *O Caráter Social da Literatura Brasileira*, falaria nos "aplausos incontáveis da crítica" obtidos pelo jovem autor. Aplausos a que se juntaram os de pessoas como o historiador Nelson Werneck Sodré, o biógrafo Raimundo Magalhães Jr. e o humorista Stanislaw Ponte Preta. Coroando a espetacular estreia de Luiz Vilela, o *Jornal do Brasil*, numa reportagem de página dupla, intitulada "Literatura Brasileira no Século XX: Prosa", o escolheu como o mais representativo escritor de sua geração, incluindo-o na galeria dos grandes prosadores brasileiros, iniciada por Machado de Assis.

Em 1968 Vilela mudou-se para São Paulo, para trabalhar como redator e repórter no *Jornal da Tarde*. No mesmo ano, foi premiado no I Concurso Nacional de Contos, do Paraná. Os contos dos vencedores foram reunidos e publicados em livro, com o título de *Os 18 Melhores Contos do Brasil*. Comentando-o no *Jornal de Letras*, Assis Brasil disse que Luiz Vilela era "a melhor revelação de contista dos últimos anos".

Ainda em 1968, um conto seu, "Por toda a vida", do *Tremor de Terra*, foi traduzido para o alemão e publicado na Alemanha Ocidental, numa antologia de modernos contistas brasileiros, *Moderne Brasilianische Erzähler*. No final do ano, convidado a participar de um programa internacional de escritores, o International Writing Program, em Iowa City, Iowa, Estados Unidos, Vilela viajou para este país, lá ficando nove meses e concluindo o seu primeiro romance, *Os Novos*. Sobre a sua participação no programa, ele disse, numa entrevista ao *Jornal de Letras*: "Foi ótima, pois, além de uma boa bolsa, eu tinha lá todo o tempo livre, podendo fazer o que quisesse: um regime de vida ideal para um escritor."

Dos Estados Unidos, Vilela foi para a Europa, percorrendo vários países e fixando-se por algum tempo na Espanha, em Barcelona. Seu segundo livro, *No Bar*, de contos, foi publicado no final de 1968. Dele disse Macedo Miranda, no *Jornal do Brasil*: "Ele escreve aquilo que gostaríamos de escrever." No mesmo ano, Vilela foi premiado no II Concurso Nacional de Contos, do Paraná, ocasião em que Antonio Candido, que fazia parte da comissão julgadora, observou sobre ele: "A sua força está no diálogo e, também, na absoluta pureza de sua linguagem."

Voltando ao Brasil, Vilela passou a residir novamente em sua cidade natal, próximo da qual comprou depois um sítio, onde passaria a criar vacas leiteiras. "Gosto muito de vacas", disse, mais tarde, numa entrevista que deu ao *Folhetim*, da *Folha de S.Paulo*. "Não só de vacas: gosto também de cavalos, porcos, galinhas, tudo quanto é bicho, afinal, de borboleta a elefante, passando obviamente por passarinhos, gatos e cachorros. Cachorro, então, nem se fala, e quem conhece meus livros já deve ter notado isso."

Em 1970 o terceiro livro, também de contos, *Tarde da Noite*, e, aos 27 anos, a consagração definitiva como contista. "Um dos grandes contistas brasileiros de todos os tempos", disse Wilson Martins, no *Estado de S. Paulo*. "Exemplos do grande conto brasileiro e universal", disse Hélio Pólvora, no *Jornal do Brasil*. E no *Jornal da Tarde*, em artigo de página inteira, intitulado "Ler Vilela? Indispensável", Leo Gilson Ribeiro dizia, na chamada: "Guimarães, Clarice, Trevisan, Rubem Fonseca. Agora, outro senhor contista: Luiz Vilela."

Em 1971 saiu *Os Novos*. Baseado em sua geração, o livro se passa logo após a Revolução de 64 e teve, por isso, dificuldades para ser publicado, pois o país vivia ainda sob a ditadura militar, e os editores temiam represálias. Publicado, finalmente, por uma pequena editora do Rio, ele recebeu dos mais violentos ataques aos mais exaltados elogios. No *Suplemento Literário do Minas Gerais*, Luís Gonzaga Vieira o chamou de "fogos de artifício", e, no *Correio da Manhã*, Aguinaldo Silva acusou o autor de "pertinaz prisão de ventre mental". Pouco depois, no *Jornal de Letras*, Heraldo Lisboa observava: "Um soco em muita coisa (conceitos e preconceitos), o livro se impõe quase em fúria. (É por isso que o temem?)" E Temístocles Linhares, em *O Estado de S. Paulo*, constatava: "Se não todos, quase todos os problemas das gerações, não só em relação à arte e à cultura, como também em relação à conduta e à vida, estão postos neste livro." Alguns anos depois, Fausto Cunha, no *Jornal do Brasil*, em um número especial do suplemento *Livro*, dedicado aos novos escritores brasileiros, comentou sobre *Os Novos*: "É um romance que, mais dia, menos dia, será descoberto e apreciado em toda a sua força. Sua geração ainda não produziu nenhuma obra como essa, na ficção."

Em 1974 Luiz Vilela ganhou o Prêmio Jabuti, da Câmara Brasileira do Livro, para o melhor livro de contos de 1973, com *O Fim de Tudo*, publicado por uma editora que ele, juntamente com um amigo, fundou em Belo Horizonte, a Editora Liberdade. Carlos Drummond de Andrade leu o livro e escreveu ao autor: "Achei 'A volta do campeão' uma obra-prima."

Em 1978 aparece *Contos Escolhidos*, a primeira de uma dúzia de antologias de seus contos — *Contos, Uma Seleção de Contos, Os Melhores Contos de Luiz Vilela*, etc. —, que, por diferentes editoras, apareceriam nos anos seguintes. Na revista *IstoÉ*, Flávio Moreira da Costa comentou: "Luiz Vilela não é apenas um contista do Estado de Minas Gerais: é um dos melhores ficcionistas de história curta do país. Há muito tempo, muita gente sabe disso."

Em 1979 Vilela publicou, ao longo do ano, três novos livros: *O Choro no Travesseiro*, novela, *Lindas Pernas*, contos, e *O Inferno É Aqui Mesmo*, romance. Sobre o primeiro, disse Duílio Gomes, no *Estado de Minas*: "No gênero novela ele é perfeito, como nos seus contos." Sobre o segundo, disse Manoel Nascimento, na *IstoÉ*: "Agora, depois de *Lindas Pernas* (sua melhor coletânea até o momento), nem os mais céticos continuarão resistindo a admitir sua importância na renovação da prosa brasileira." Quanto ao terceiro, o *Inferno*, escrito com base na sua experiência no *Jornal da Tarde*, ele, assim como acontecera com *Os Novos*, e por motivos semelhantes, causou polêmica. No próprio *Jornal da Tarde*, Leo Gilson Ribeiro disse que o livro não era um romance, e sim "uma vingança pessoal, cheia de chavões". Na entrevista que deu ao *Folhetim*, Vilela, relembrando a polêmica, foi categórico: "Meu livro não é uma vingança contra ninguém nem contra nada. É um romance, sim. Um romance que, como as minhas outras obras de ficção, criei partindo de uma realidade que eu conhecia, no caso o *Jornal da Tarde*." Comentando o livro na revista *Veja*, Renato Pompeu sintetizou a questão nestas palavras: "O livro é importante tanto esteticamente como no nível de documento, e sua leitura é indispensável."

Ituiutaba, uma cidade de porte médio, situada numa das regiões mais ricas do país, o Triângulo Mineiro, sofrera na década de 70, como outras cidades semelhantes, grandes transformações, o que iria inspirar a Vilela seu terceiro romance, *Entre Amigos*, publicado em 1982 e tão elogiado pela crítica. "*Entre Amigos* é um romance pungente, verdadeiro, muito bem escrito, sobretudo isso", disse Edilberto Coutinho, na revista *Fatos e Fotos*.

Em 1989 saiu *Graça*, seu quarto romance e décimo livro. *Graça* foi escolhido como o "livro do mês" da revista *Playboy*, em sua edição de aniversário. "Uma narração gostosa e envolvente, pontuada por diálogos rápidos e costurada com um fino bom humor", disse, na apresentação dos capítulos publicados, a editora da revista, Eliana Sanches. Na *Folha da Tarde*, depois, Luthero Maynard comentou: "Vilela constrói seus personagens com uma tal consistência psicológica e existencial, que a empatia com o leitor é quase imediata, cimentada pela elegância e extrema fluidez da linguagem, que o colocam entre os mais importantes escritores brasileiros contemporâneos."

No começo de 1990, a convite do governo cubano, Luiz Vilela passou um mês em Cuba, como jurado de literatura brasileira do Premio Casa de las Américas. Em junho, ele foi escolhido como O Melhor da Cultura em Minas Gerais no ano de 1989 pelo jornal *Estado de Minas*, na sua promoção anual "Os Melhores".

No final de 1991 Vilela esteve no México, como convidado do VI Encuentro Internacional de Narrativa, que reuniu escritores de várias partes do mundo para discutir a situação da literatura atual.

Em 1994, no dia 21 de abril, ele foi agraciado pelo governo mineiro com a Medalha da Inconfidência. Logo depois esteve na Alemanha, a convite da Haus der Kulturen der Welt, fazendo leituras públicas de seus escritos em várias cidades. No fim do ano publicou a novela *Te Amo Sobre Todas as Coisas*, a respeito da qual André Seffrin, no *Jornal do Brasil*, escreveu: "Em *Te Amo Sobre Todas as Coisas* encontramos o Luiz Vilela de sempre, no domínio preciso do diálogo, onde é impossível descobrir uma fresta de deslize ou notação menos adequada."

Em 1996 foi publicada na Alemanha, pela Babel Verlag, de Berlim, uma antologia de seus contos, *Frosch im Hals*. "Um autor que pertence à literatura mundial", disse, no prefácio, a tradutora, Ute Hermanns. No final do ano Vilela voltou ao México, como convidado do XI Encuentro Internacional de Narrativa.

Em 2000 um conto seu, "Fazendo a barba", foi incluído na antologia *Os Cem Melhores Contos Brasileiros do Século*, e um curta-metragem, *Françoise*, baseado no seu conto homônimo e dirigido por Rafael Conde, deu a Débora Falabella, no papel principal, o prêmio de melhor atriz na categoria curtas do Festival de Cinema de Gramado. Ainda no mesmo ano, foi publicado o livro *O Diálogo da Compaixão na Obra de Luiz Vilela*, de Wania de Sousa Majadas, primeiro estudo completo de sua obra.

Em 2001 a TV Globo levou ao ar, na série *Brava Gente*, uma adaptação de seu conto "Tarde da noite", sob a direção de Roberto Farias, com Maitê Proença, Daniel Dantas e Lília Cabral.

Em 2002, depois de mais de vinte anos sem publicar um livro de contos, Luiz Vilela lançou *A Cabeça*, livro que teve extraordinária recepção de crítica e de público e foi incluído por vários jornais na lista dos melhores lançamentos do ano. "Os diálogos mais parecidos com a vida que a literatura brasileira já produziu", disse Sérgio Rodrigues, no *Jornal do Brasil*.

Em 2003 *Tremor de Terra* integrou a lista das leituras obrigatórias do vestibular da UFMG. *A Cabeça* foi um dos dez finalistas do I Prêmio Portugal Telecom de Literatura Brasileira e finalista também do Prêmio Jabuti. Vários contos de Vilela foram adaptados pela Rede Minas para o programa *Contos de Minas*. Também a TV Cultura, de São Paulo, adaptou três contos seus, "A cabeça", "Eu estava ali deitado" e "Felicidade", para o programa *Contos da Meia-Noite*, com, respectivamente, os atores Giulia Gam, Matheus Nachtergaele e Paulo César Pereio. E um outro conto, "Rua da amargura", foi adaptado, com o mesmo título, para o cinema, por Rafael Conde, vindo a ganhar o prêmio de melhor curta do Festival de Cinema de Brasília. O cineasta adaptaria depois, em novo curta, um terceiro conto, "A chuva nos telhados antigos", formando com ele a "Trilogia Vilela". Ainda em 2003, o governo mineiro concedeu a Luiz Vilela a Medalha Santos Dumont, Ouro.

Em 2004, numa enquete nacional realizada pelo caderno *Pensar*, do *Correio Braziliense*, entre críticos literários, professores universitários e jornalistas da área cultural, para saber quais "os 15 melhores livros brasileiros dos últimos 15 anos", A Cabeça foi um dos escolhidos. No fim do ano a revista Bravo!, em sua "Edição 100", fazendo um ranking dos 100 melhores livros de literatura, nacionais e estrangeiros, publicados no Brasil nos últimos oito anos, levando em consideração "a relevância das obras, sua repercussão entre a crítica e o público e sua importância para o desenvolvimento da cultura no país", incluiu A Cabeça em 32.º lugar.

Em 2005, em um número especial, "100 Livros Essenciais" — "o ranking da literatura brasileira em todos os gêneros e em todos os tempos" —, a Bravo! incluiu entre os livros o *Tremor de Terra*, observando que o autor "de lá para cá, tornou-se referência na prosa contemporânea". E a revista acrescentava: "Enquanto alguns autores levam tempo para aprimorar a escrita, Vilela conseguiu esse feito quando tinha apenas 24 anos."

Em 2006 — ano em que Luiz Vilela completou 50 anos de atividade literária — saiu sua novela *Bóris e Dóris*. "Diferentemente dos modernos tagarelas, que esbanjam palavrório (somente para... esbanjar palavrório), Vilela entra em cena para mostrar logo que só quer fazer o que sabe fazer como poucos: contar uma história", escreveu Nelson Vasconcelos, em *O Globo*.

Com o lançamento de *Bóris e Dóris*, a Editora Record, nova casa editorial de Vilela, deu início à publicação de toda a sua obra. Comentando o fato no *Estado de Minas*, disse João Paulo: "Um conjunto de livros que, pela linguagem, virtuosismo do estilo e ética corajosa em enfrentar o avesso da vida, constitui um momento marcante da literatura brasileira contemporânea."

Em 2008 a Fundação Cultural de Ituiutaba criou a Semana Luiz Vilela, com palestras sobre a obra do escritor, exibição de filmes, exposição de fotos, apresentações de teatro, lançamentos de livros, etc., tendo já sido realizadas quatro semanas.

Em 2011 o Concurso de Contos Luiz Vilela, promoção anual da mesma fundação, chegou à 21ª edição, consolidando a sua posição de um dos mais duradouros concursos literários brasileiros e um dos mais concorridos, com participantes de todas as regiões do Brasil e até do exterior.

No final de 2011 Luiz Vilela publicou o romance *Perdição*. Sobre ele disse Hildeberto Barbosa Filho, no jornal *A União*: "É impossível ler essa história e não parar para pensar. Pensar no mistério da vida, nos desconhecidos que somos, nos imponderáveis que cercam os passos de cada um de nós." *Perdição* foi finalista do Prêmio São Paulo de Literatura e do Prêmio Portugal Telecom de Literatura, e recebeu o Prêmio Literário Nacional PEN Clube do Brasil 2012.

Em 2013 saiu *Você Verá*, sua sétima coletânea de contos. Em *O Globo*, José Castello comentou: "Narrativas secas, diretas, sem adjetivos, sem descrições inúteis, sem divagações prolixas, que remexem diretamente no estranho e inconstante coração do homem." *Você Verá* recebeu o Prêmio ABL de Ficção, concedido pela Academia Brasileira de Letras ao melhor livro de ficção publicado no Brasil em 2013, e o 2º lugar na categoria contos do Prêmio Jabuti.

Luiz Vilela já foi traduzido para diversas línguas. Seus contos figuram em inúmeras antologias, nacionais e estrangeiras, e numa infinidade de livros didáticos. No todo ou em parte, sua obra tem sido objeto de constantes estudos, aqui e no exterior, e já foi tema de várias dissertações de mestrado e teses de doutorado.

Pai de um filho, Luiz Vilela continua a residir em sua cidade natal, onde se dedica inteiramente à literatura.

Tremor de Terra (contos). Belo Horizonte, edição do autor, 1967. 9.ª edição, São Paulo, Publifolha, 2004.
No Bar (contos). Rio de Janeiro, Bloch, 1968. 2.ª edição, São Paulo, Ática, 1984.
Tarde da Noite (contos). São Paulo, Vertente, 1970. 5.ª edição, São Paulo, Ática, 1999.
Os Novos (romance). Rio de Janeiro, Gernasa, 1971. 2.ª edição, Rio de Janeiro, Nova Fronteira, 1984.
O Fim de Tudo (contos). Belo Horizonte, Liberdade, 1973. 2ª edição, Rio de Janeiro, Record, 2015.
Contos Escolhidos. Rio de Janeiro, Francisco Alves, 1978. 2.ª edição, Porto Alegre, Mercado Aberto, 1985.
Lindas Pernas (contos). São Paulo, Cultura, 1979.
O Inferno É Aqui Mesmo (romance). São Paulo, Ática, 1979. 3.ª edição, São Paulo, Círculo do Livro, 1988.
O Choro no Travesseiro (novela). São Paulo, Cultura, 1979. 9ª edição, São Paulo, Atual, 2000.
Entre Amigos (romance). São Paulo, Ática, 1983.
Uma Seleção de Contos. São Paulo, Nacional, 1986. 2.ª edição, reformulada, São Paulo, Nacional, 2002.
Contos. Belo Horizonte, Lê, 1986. 4.ª edição, introdução de Miguel Sanches Neto, São Paulo, Scipione, 2010.
Os Melhores Contos de Luiz Vilela. Introdução de Wilson Martins. São Paulo, Global, 1988. 3.ª edição, São Paulo, Global, 2001.
O Violino e Outros Contos. São Paulo, Ática, 1989. 7.ª edição, São Paulo, Ática, 2007.
Graça (romance). São Paulo, Estação Liberdade, 1989.
Te Amo Sobre Todas as Coisas (novela). Rio de Janeiro, Rocco, 1994.

Contos da Infância e da Adolescência. São Paulo, Ática, 1996. 4.ª edição, São Paulo, Ática, 2007.
Boa de Garfo e Outros Contos. São Paulo, Saraiva, 2000. 4.ª edição, São Paulo, Saraiva, 2010. 6ª tiragem, 2014.
Sete Histórias (contos). São Paulo, Global, 2000. 3.ª edição, São Paulo, Global, 2001. 1.ª reimpressão, 2008.
Histórias de Família (contos). Introdução de Augusto Massi. São Paulo, Nova Alexandria, 2001.
Chuva e Outros Contos. São Paulo, Editora do Brasil, 2001.
Histórias de Bichos (contos). São Paulo, Editora do Brasil, 2002.
A Cabeça (contos). São Paulo, Cosac & Naify, 2002. 1.ª reimpressão, São Paulo, Cosac & Naify, 2002. 2.ª reimpressão, 2012.
Bóris e Dóris (novela). Rio de Janeiro, Record, 2006.
Contos Eróticos. Belo Horizonte, Leitura, 2008.
Sofia e Outros Contos. São Paulo, Saraiva, 2008. 4.ª tiragem, 2014.
Amor e Outros Contos. Erechim, RS, Edelbra, 2009.
Três Histórias Fantásticas (contos). Introdução de Sérgio Rodrigues. São Paulo, Scipione, 2009.
Perdição (romance). Rio de Janeiro, Record, 2011.
Você Verá (contos). Rio de Janeiro, Record, 2013. 2ª edição, Rio de Janeiro, Record, 2014.
A Feijoada e Outros Contos. São Paulo, SESI-SP editora, 2014.

Este livro foi composto na tipologia Caecilia
Roman LT Std, em corpo 10,5/16,5, e impresso
em papel off-white 90g/m² no Sistema Digital Instant
Duplex da Divisão Gráfica da Distribuidora Record.